草木静美 人间很值得

等茶

夏炜 著

北京联合出版公司
Beijing United Publishing Co.,Ltd.

图书在版编目（CIP）数据

等茶：草木静美，人间很值得 / 夏炜著. —— 北京: 北京联合出版公司, 2019.9
ISBN 978-7-5596-3398-9

Ⅰ. ①等… Ⅱ. ①夏… Ⅲ. ①散文集—中国—当代 Ⅳ. ①I267

中国版本图书馆CIP数据核字(2019)第134239号

等茶：草木静美，人间很值得

作　　者：夏　炜
出版监制：谭燕春　高继书
选题策划：厦门外图凌零图书策划有限公司
责任编辑：李　红　徐　樟
装帧设计：丁　瑶

北京联合出版公司出版
（北京市西城区德外大街83号楼9层　100088）
北京联合天畅文化传播公司发行
厦门市竞成印刷有限公司　新华书店经销
字数153千字　700mm×1000mm　1/32　8印张
2019年9月第1版　2019年9月第1次印刷
ISBN 978-7-5596-3398-9
定价：49.80元

引 言

——金、木、水、火、土，集五行之精粹而化成的生命，是茶。

——品茶，是时光滋养下的心旷神怡，是岁月浸润后的淡定与从容。

——爱茶，是一种传统和典雅；爱茶，是一种惬意和自由；爱茶，又何尝不是一种新鲜和风尚呢?

——佛说，万物皆有情。老茶器，在相携老去的光阴中堆叠起一份难忘的珍惜。

茶样的人生和文字

富康年

人和人之间有各种各样的缘分：火车和飞机上的邻座是旅缘，偶尔一遇千杯少的是酒缘，滚滚红尘中的一个回眸成就了情缘，一次古道热肠的相助结了善缘。我认识夏炜君，是茶缘。

2005年秋天，我由兰州去厦门参加一个期刊界的活动。飞机上翻阅《厦门晚报》，副刊上的一则消息吸引了我，由昆仑出版社出版的73万字的长篇小说《铁观音》召开发布研讨会，作者夏炜是出生在兰州、定居厦门的作家。国人有很强的乡里情结，于是我生出莫名的亲切感。也是凑巧，厦门的朋友听我说到此事，竟引为相见。喝茶自然是应有之义，我们喝的第一泡茶就是铁观音。应该说，这是我的第一堂茶课。夏炜君是我喝茶的领路人。自此，茶渐渐成了我生活、生命中不可或缺的一部分。

2008年开始，我主持《读者》杂志的编辑工作，有感于大陆缺少一本我心目中应有的茶文化杂志，便想编辑出版一本叫《茶品》的期刊。聘请谁来担纲主编呢？我觉得夏炜是不二之选，懂茶，能写会画，学的是经济，又有营销经验，学养厚，感性，于是专程南下延请。但是，此时夏炜已决然选择一种新的生活方式，遗憾之余，亦甚感佩。说实话，夏炜并非已实现财务自由的人，辞了工作，专注写作画画，是需要很大的勇气的，由此，可以看出他对追求自己理想的生活是非常坚定的。鹭岛榕树下，听着海浪，小隐于茶，闲适而从容，是真正的岁月静好。

清代李渔有一个很有意思的发现，茶客喜果不喜酒。他在《闲情偶寄》中说：

> "果者酒之仇，茶者酒之敌。嗜酒之人，必不嗜茶与果，此定数也。凡有新客入座，平时未经共饮，不知其酒量浅深者，但以果饼及糖食验之。取到即食，食而似有踊跃之情者，此即茗客，非酒客也。取而不食，及食不数四而即有倦色者，此必巨量之客，以酒为生者也。以此法验嘉宾，百不失一。"

多年前我读到这则掌故时曾拊掌大笑，并以之在周遭朋友中验证，准确性很高。但是认识夏炜后，却发现他不在李渔的样本中，茶烟酒样样喜欢。我想，大约是茶养精神，烟助神思，酒燃激情，都是创作所必需的。性情中人才能写出有真性情的文字。

序

由夏炜君的引导，这些年我也离不开茶了。读了一些茶书，去了一些茶山，更重要的是结识了许多茶人，也多多少少有了一些茶悟。品茶、谈茶，是与茶友们交流最愉快的事。夏炜君把这几年写的一些茶文汇成一集寄给我，让我先读为快，并写点文字，我十分高兴。我拜读了两遍，似乎对茶更"懂"了一些，也升华和印证了一些我既有的认识：茶是天地间的灵草，只有在精神上接近她、懂她、做她的知己，才能体味其妙。

茶能超越一般饮品形而上，首先是所谓近乎道的"茶禅一味"。日本人的茶道讲"和、敬、清、寂"的悟证；中国人更多地讲慈、俭、谦、和：有悲悯心，才能利他；有节俭心，才能惜福；有谦敬心，才能受益；有合和心，才能圆融。所谓"伊公羹，陆氏茶"，正是茶的中国哲学。

其次，是孔子所说的"游于艺"的心境。茶只不过是一片树叶，我们却能从品茶中进行不可言说的人与自然的对话，发现蕴藏在其中的阳光、雨露、云雾和山岚的讯息。爱茶人绝不是简单地满足口腹之欲，当我们从铁观音里品出兰花香、从肉桂中体味到岩韵、从凤凰单枞中体味到山韵、从普洱中感觉到不同的山头气息……这一切，又似乎不是单纯的味蕾感觉，而是类似五官通感的艺术创作和神秘体验。

茶是如此知性，所以狄更斯早就断言：茶将永远成为知识分子所钟爱的饮品。但是，任何一件事如果仪式感过强，弄得太玄，就不免沉重。所以，我更认同夏炜君的观点，要回归到喝茶本身。在现代社会，焦虑和浮躁几乎纠缠着每一个人，茶应该成为降燥剂、泻火汤，在品享一杯好茶中感受"小确幸"，让从容、优雅、镇定与我们相伴。

　　夏炜是作家、画家，写东西往往能涉笔成趣，语言干净不事藻饰，我喜欢这样如茶一般清亮有韵味的文字。好茶最宜与朋友分享，同样，我也愿与广大的茶爱好者分享这本好书。

2018年11月

（作者系《读者》杂志社社长兼总编）

序

目录
CONTENTS

茶言

茶

颜

观
色

茶言

茶言

读书声歇茶初熟

　　晨，天空阴霾。各类媒体信息告诉我，母校厦门大学95周年华诞了。几天前就有热心的校友邀我参加校庆，想想自己不过是个码字的小人物，还是在家喝茶读书罢。

　　茶方泡好，门铃鸣响。门铃的音乐声俗而闹心，但无法更改。开门，收到邮政取款通知单，上面打印着某报社发来的稿费金额40元。

　　于是，我回忆起中学时收到的第一笔稿费，亦是40元。

　　二十世纪八十年代中期，我把第一次的稿费交给父母，全家欣喜开怀：一篇一千字的文章，40元人民币，抵了父亲半个月工资。到八十年代末，我入厦门大学求学，一个月的生活费也不过50元。如今，这40块钱约抵得一人吃一顿好些的午饭。如此一想，就浮现出母亲忧虑的面容：好好的工作辞了，码字能当饭吃？

　　稿费得多少，是我决定不了的事。谋生的工作，实有多种可选择。但多年来，我码字、画画，依然是一个自由职业者。我内心的实话是：不论钱多钱少，自己喜欢无拘无束的生活。如用"高大上"的话讲，就是那许多人都知道的一句名言："有一种鸟是关不住的，因为它们的每一片羽毛都沾满了自由的光辉。"

"天赋识灵草，自然钟野姿。"众多茶人知道，茶，是一定要生长在深山雾岚中的。任你再怎么想把它移入都市的土壤，它都没法为我们展现美丽的身姿和动人的芳香。

如今，喝茶读书，貌似定位在一小部分风雅与知性、悠闲与小资的文青群体。其实，这是现代媒体的商业化文字使我们产生的误判。

古人提倡"耕读传家"。耕，就是农人稼穑，耕田可以丰五谷，养家糊口，以立性命。读书可以知诗书，达礼义，修身养性，以立德行。简单地讲，就是谋生、立人。

这样一看，以耕读谋生，自不等于飞黄腾达。倒是无论农耕、笔耕，如何立人，则是关键。古人所谓的"读"，不是为了做官发财挣大钱，不是为了今后前呼后拥、宝马雕车香满路，只不过是想学会些礼义廉耻，懂得一点真"做人"的道理。

因而，从陶渊明采菊东篱下，就有挂冠求去的人。

近代史上有一人，少年时期在古越藏书楼校书，得以博览中国典籍。他曾是光绪十八年（1892年）殿试的进士，授翰林院庶吉士，补翰林院编修。这两个职务，在中国电视剧里大大风光过的纪晓岚都担任过，可见此人今后前途之大。但他为了接触近代西学，弃官职，渡重洋，远赴德、法留学。民国时期，他历任教育总长、北京大学校长、中华民国大学院院长、中央研究院院长等职，却是个挂冠辞职的专业户。此人就是被毛泽东称为"学界泰斗、人世楷模"，倡导大学"思想自由、兼容并包"的蔡元培先生。

蔡元培主政北大，有茶事两件颇为有趣。

其一，他聘请了年仅25岁的胡适为教授，并为胡适编著的《中国哲学史大纲》亲自作序，大力推荐。胡适由此开始一举成名，这引起了部分人的嫉妒与不满，自然就有蜚语与流言。蔡元培知道情况后，给他们每人送了一份茶，唯独没送给胡适。在众人欣喜之际，他们却得到了这样的回答："胡适的肚子是干净的，一心办学为民。而你们个个炉火中烧，一肚子歪点子、脏思想，茶叶能清肠胃，送你们茶叶是帮你们解解毒。"此事可称为"清净的哲学"。

其二，他接待了落寞沮丧的学生，则有"绿茶的哲学"：玻璃杯中，如果碧绿的茶叶都浮在水面上，茶水是没有滋味的，只有当茶叶沉入了杯底，才能品到绿茶的清芳。生活就是一杯绿茶，想要领略到成功和幸福的甘醇，只有静下心来沉浸进去。

蔡元培先生任北大校长时的几次辞职，诞生了两篇如今看来依然杰出而光彩的宣言，一为正义，一为自由。

"学界泰斗、人世楷模"，若比之蔡先生，抑或当年的陈寅恪、熊十力、胡适之、梅贻琦、梁漱溟、刘文典、罗家伦、萨本栋等，如今看来是少而弥珍了。

厦门大学95周年校庆，让我想到母校的许多先贤和老师。除了众人皆知的校主陈嘉庚，还有林文庆、林语堂和著述颇丰的鲁迅先生等。最令人赞佩的，无疑是萨本栋先生；最令我深念的，则是吴宣恭老师。

当年宣恭老师任校党委书记，却多次邀我这一名普通的经济系学生去家里喝茶聊天，并先后两次为我那初出茅庐的画展题字。先生身材高大挺拔，相貌堂堂，按现在的流行语来说，先生可谓是"男神一号"。他对待学生则和蔼恭谦，循循善诱，一如其名。

多年后，在成都机场候机厅，先生在人流中一眼发现了我，起身挥手而呼，脸上早露出了熟悉的笑容。听说我放弃回校读研究生，老师一直敦促我继续完成学业，并以手连拍己胸，切切而言：读完之后，去念他的博士。那时，我已经弃商从文，终是没有应诺白发苍苍的老先生。

当年的场景还历历在目，当真是愧对老师的真赤之心！唯有举清茗一杯，默祝老师健康长寿！

连日来足不出户，胡乱翻了许多茶书，多论及喝茶的健康，也多谈了茶之道，无非在儒、在禅、在道。据考，佛祖是述而不著的，孔夫子似乎也是述而不著。出函谷关的老子，倒是著有《道德经》，搞得后世子孙反复不断地注释，还是有许多地方让人不明白。

如此，想必儒士茶、道士茶与禅茶，还是简简单单去喝就好。茶，可从不说话呢。茶，对任何人也不说谎。竹影摇曳、向炉明性的清，华堂美器、琴伴茗烟的雅，乡野茅亭、陋室粗杯的简，一杯茶下了肚，谁得其真，谁得其表，实是与外在无关。

品茗时，最宜读书谈书，一卷在手，苦茶隽文，可思可乐可喜可慨。按白居易的说法，"或吟诗一章，或饮茶一瓯"，就是刘梦得的"今宵更有湘江月，照出霏霏满碗花"了。两三好友，则有"春深绿野初开绣，云解青山半脱裘。回首红尘读书处，煮茶留客小亭幽"之情。

今人诗才有限，谈谈旧日笺，聊聊名著新刊逸事趣闻，不知不觉，一堆茶山就临了一襟晚照。

有人曾问我，读什么书能增加知识？这和朋友问我喝哪一种茶好一样，我的回答都让提问者失望。

读书，对我来说，并不是为了增加知识。否则，天天上网阅读百度词条不是更好？喝茶，也并不是为了一定要成为一名专业品鉴师，就像有人旅行并非是为了看风景。

> 数简隐书忘世味，半瓯春茗过花时。
> 寂寥终岁君无诮，正是幽居一段奇。

如陆放翁诗句所言，书和茶，仅仅是构成我生活的方式与态度。从它们中间，我感受到这世界、这人生，有悲喜离合，有怅然怡然，有嘲弄的一笑和丰盈的泪水。

品茗　茶言

　　我自幼从西北向东南，一路南渡，及求学于厦门大学，也就是鲁迅先生整理出《朝花夕拾》的地方，就有了留居厦门的心情与愿望。

　　这里有山、岛、岩、海，有普陀晨钟、鼓浪夜琴，还有小城春秋里一壶浓酽的工夫茶。

　　"种菊心相似，尝茶味不同。"对于对时间观念模糊的我来说，于此读书观景、起居饮茶，逸畅。

　　第一次喝工夫茶，是在厦门大学享有"嘉庚建筑"美誉的芙蓉二号楼。同窗陈君，闽漳州人，嗜茶，以工夫茶泡茶法，泡一种名曰"一枝春"的"海堤"牌茶。茶汤之色浓如酱油，茶杯小巧，似半个核桃，壶则如拳。陈君一面娴熟地提壶巡点，一面热情邀呼风华正茂的同学少年们"啉嗲"。

　　"啉嗲"是闽南语，据说穿越回大唐，可以和诗仙李白对话吟诗，而仅仅会讲普通话的中国人，听上去的感觉似比讲日语还复杂。"啉嗬"有音无字,白话就是喝茶。但与喝茶又略为不同:18岁前我喝茶,不论龙井、毛尖,抓若干投入玻璃杯,开水冲下去后就喝。套用《红楼梦》里妙玉的说法,即牛饮。

"啉"字的含义,则含了一个"品"字。东汉许慎的《说文解字》里道:"品,众庶也。从三口。凡品之属皆从品。"

这个说法很值得玩味。如品箫、品玉、品酒、品茗,恐怕至少得要俩人才行,如果似汉代才子司马相如《上林赋》里说的"务在独乐,不顾众庶",就很没劲。所以在厦门,谋得一泡好茶的茶客,从不会暗中独享。

古早,品工夫茶,一般只有三只娇小玲珑的白瓷杯,专注于茶的色、香、味、意、形。关键还得要"众庶",有个二品大员在其中,听其语录教导,也不好玩。

今人内心寂寞,有好茶,呼朋引伴,七八只杯子也不够用,于是品茗,也成了品热闹。

工夫茶冲泡法,据说出自《茶经》,是唐宋以来对品茶艺术的承袭和发展。《茶经》一书我翻阅过多次,书中提及茶有煮、煎二法,提倡清饮,却找不到一丝泡工夫茶的痕迹。也有很多茶书上的注释说:工夫茶,在广东的潮州府(今潮州地区)一带最为盛行。

多年前,在我有正式单位的时候,因业务关系去了五六次潮汕地区。茶以凤凰单枞和普洱居多,也有铁观音和黄金桂。那里虽也泡工夫茶,却没感觉到比闽南厦漳泉多。想起东坡的弟弟苏辙有诗曰:"闽中茶品天下高,倾身事茶不知劳。"这工夫茶盛行，只谈及潮汕而忽略闽南，恐怕有失一点偏颇。

厦门，有大大小小上万家茶店。茶店比米店多，在我来此地二十多年间，一直是常态。骑楼下、山岩间、凤凰树边、三角梅旁，随便支起一张茶桌子，一壶工夫茶，两泡铁观音，三五好友散坐着"话仙"，在闻香、观色、品韵和天南海北的闲谈中，时光就悄然带走了一天的美好记忆。

这场景，长期以来，是鹭岛百姓人家的一种生活。将其形诸文字，也是可供外地人静心品读的真实岁月。

泡工夫茶，用朱泥小壶或盖碗，搭白瓷杯，杯小如橡。淋壶、浴罐、关公巡城、韩信点兵，绝对是需要耗费点"工夫"的。现代人为功名忙、为利禄忙，闲坐品茶，岂不是太奢侈！北方的朋友对此常说一句话：我可没有你们那闲工夫。殊不知，没有了人，又哪有"工夫"？

我倒是觉得厦门人的品茗方式，体现出一种不紧不慢、淡然自若的态度。他们不炫耀、不嫉妒、不自大、不眼红，一切都谨守着自己的生活频率。那一份恬淡从容与宁静闲适，直到二十年后越来越浮躁的今天，依然存在。

当然，随着城市的快速发展，厦门人的生活节奏也越来越快。许多老街上的茶桌子已经渐渐消失。小城越发像个现代化的喧闹大都市。北京和上海的朋友一听到厦门房价飙升，也开始笑我：码字的人啊，居之也不易了吧？

其实，易与不易，都可以在静坐品茗中体现：端起，放下。

斗茶

茶言

　　泉州市安溪县，是名茶铁观音的发源地。

　　说到吃茶，虽然同属闽南，泉州却与厦门大为不同。厦门人"啉嗲话仙"，感觉悠闲自在；泉州人则喜欢斗茶。

　　由于八闽地理环境复杂，"百里不同风，十里不同俗"。因此，虽然都是闽南人，厦门人显得温和淡定，骨子里却又带着韧劲；泉州人则是闽南语歌曲《爱拼才会赢》的真正诠释者。

　　自汉晋始，中原汉民南迁福建，泉州就是他们最先聚居的地域之一。泉州最显著的人文特点，是具有比较浓郁的海洋文化色彩。唐宋以来，面临大海的自然优势，他们甘冒风涛之险，向海洋发展，勇于进行国际贸易。强悍与勇敢，冒险与义气，还有勇于打拼，都是他们骨子里留下的传统。因而在铁观音的故乡泉州市安溪县，再也没有比"斗茶"更具群众基础的活动了。

斗茶，其实就是比茶。

那些评茶师和资深的老茶客，凭着人类敏锐的味觉、嗅觉、视觉、感觉，按六大要素，从外形条索、色泽香气，到最关键的喉韵、滋味，调动起从鼻到口到心的情感与精神，从舌尖、舌根、舌面和两颊内不同部位，品出茶汤间的细微差别，分辨茶质的优劣和高下。

每逢铁观音春水秋香时，安溪的村、乡、镇、县就经常举行"斗茶"及"茶王赛"活动。若有哪家的香茗，一路夺关斩将获"茶王"，那就如同古人考上了状元：披红挂彩，敲锣打鼓，或跨骏马，或乘坐大轿，游大街以彰显荣耀。

其实，追溯历史，斗茶是从古就有的事。范仲淹的《和章岷从事斗茶歌》里就有精彩描述：

> 北苑将期献天子，林下雄豪先斗美。
> 鼎磨云外首山铜，瓶携江上中泠水。
> 黄金碾畔绿尘飞，紫玉瓯心雪涛起。
> 斗茶味兮轻醍醐，斗茶香兮薄兰芷。

宋代人饮茶，改变了唐代陆羽以来流行的煎茶法，风靡"点茶"与"斗茶"。"点茶"要沸水高冲、筅打、罗茶、观火与候汤。候汤是"点茶"中最见功夫的：茶人得具备"形辨""声辨""气辨"三法，方可做到出茶不老熟、不生嫩。之后就要用鼎鼎大名的建窑"兔毫盏"来点茶：茶少汤多，则云脚散；汤少茶多，则粥而聚。

有宋一代，斗茶之风极盛。斗茶，或多人共斗，或两人捉对"厮杀"，三斗两胜。斗茶的场所，多选在有规模有名气的茶店、茶肆。富有的大户及文人雅士斗茶的场所，则或在环境优美的厅堂，或在花木繁茂的庭院。斗茶者各取所藏好茶，轮流烹煮，相互品评，以分高下。斗茶赛观者甚众，犹如当今的一场精彩的足球比赛。

斗茶内容包括：斗茶品、斗茶令和茶百戏。

斗茶品以茶"新"为贵，斗茶用水以"活"为上。一斗汤色，二斗水痕。首先，要看茶汤的色泽是否鲜白，纯白者为胜，青白、灰白、黄白为负。汤色能反映茶的采制技艺，茶汤纯白，表明采茶肥嫩，制作恰到好处；色偏青，说明蒸茶的火候不足；色泛灰，说明蒸茶的火候已过；色泛黄，说明采制不及时；色泛红，则说明烘焙过了火候。其次，看汤花持续的时间长短。

宋人主要饮用团饼茶，调制时先将茶饼烤炙碾细，然后高瓶壶煮水备汤，饮用时，则连茶粉带茶水一起喝下。如果研碾细腻，点茶、点汤、击拂都恰到好处，汤花就匀细，可以"紧咬"盏沿，久聚不散，这种最佳效果名曰"咬盏"。点汤的同时，用茶筅旋转击打和拂动茶盏中的茶汤，使之泛起汤花，称为"击拂"。反之，若汤花不能"咬盏"，而是很快散开，汤与盏相接的地方立即露出"水痕"，这就输定了。水痕出现的早晚，是评价茶汤优劣的依据。有时茶质虽略次于对方，但用水得当，也能取胜。所以斗茶者需要了解茶性、水质及煎后效果，水是出茶的关键。

写过凄美绝唱"红酥手、黄縢酒，满园春色宫墙柳"的陆放翁，也在报国无望时留下"矮纸斜行闲作草，晴窗细乳戏分茶"的名句。

分茶就是点茶，可使茶盏面上的汤纹幻变成美丽的丹青。茶汤以点成"冷面粥"为最佳——这是我所不明白的事。而宋徽宗痴迷于"高雅"华贵的吃喝玩乐，他除了是有名的书画大家，无疑也是点茶高手，他能点出美妙的莲荷图案——这是我所为之神奇的事。

宋代茶艺中的点茶，很有些逸趣。蔡襄有"兔毫紫瓯新，蟹眼青泉煮。雪冻作成花，云间未垂绿。愿尔池中波，去作人间雨"的记述。杨万里则说"纷如擘絮行太空，影落寒江能万变"。但同时，点茶点得好与坏，就有了"斗"的含意。

斗，从现代语义看，就是一种"欲与天公试比高"的"比"，要分胜负；从甲骨文来看，"比"是"北"的反意。北者，两人背向，意见、志向、行为等皆相左之意。比者，两人相向，胜负之后，"见贤思齐"方为其本意。

现代的"斗茶"活动，已经传到广东及香港地区。就是静坐着品惯了"海堤"牌"酱油水"的厦门，也有声有色地开展起"斗茶"活动，并把这活动扩大到海峡两岸。但心细的人会发现，在如今这热闹表象的后面，除了一个"炒"字，多多少少也沾带了些"发财文化"的血液。

当下，各类茶赛，如雨后春笋火遍大江南北。各种名目繁多的赛事制造出众多"茶王"的金帽，飞入茶店、茶铺、茶公司、茶集团，于是，茶叶的价格也因"茶王"的称号而千金一叶……这种胜负、这种名头，对茶与爱茶人来说，真有那么重要吗？

深具智慧的古人，早把众生看得透彻，并以象形会意的文字，传承给后世子孙。怎奈后人浮躁，天下熙熙，皆为利来。"斗茶"的兴盛，早将一个"比"字，等同于追名争利。

从范仲淹的诗中，我们可看到：斗胜者，珠玑满载归。那么，当"珠玑"物化成现代都市里的功名、权力、利禄的欲望时，还能有多少"见贤思齐"之心？我们越来越成为经济意义上的世界大国，但人们的胸怀反而小了许多。真正大国者，其民应有大国的襟怀与气度。

反观大西洋那边的英伦岛，仅一个"立顿"红茶，年产值就达25亿美元……

茶熟菊開故人來

夏煇

闻香

茶言

　　有一位女士，看我写作、画画，问了我一个挺难回答的问题：写作和绘画，你更爱哪一个？

　　我略想一想，还是很诚实地答道：其实，我一爱佳人，二爱茶烟相伴，再次是读书，之后，大约方可轮到写写画画。

　　女士听此一言，颇有点错愕。当然，她以后看我也似色中饿鬼，便也少了往来。人，说一点点实话，貌似都有代价。

　　其实，仔细想想，古往今来，哪有一个正常男子不爱佳人呢？只不过每个人眼中对佳人的评判标准不同，看见佳人时的行为态度也不同罢了。

　　这一点，倒是和茶客眼中的茶一致。

　　鲁迅先生在《喝茶》一文中说，买了二两好茶叶，"郑重其事的来喝的时候，味道竟和我一向喝着的粗茶差不多，颜色也很重浊"。但是，鲁迅先生马上写道这是自己的错："喝好茶，是要用盖碗的。"换了方法，则"色清而味甘，微香而小苦"。

先生的胞弟周作人，对茶颇有心得。他在所写的《喝茶》一文中说："喝茶当于瓦屋纸窗之下，清泉绿茶，用素雅的陶瓷茶具，同二三人共饮，得半日之闲，可抵十年尘梦。"兄弟二人脾性不同，一个是杂文辛辣的斗士，一个是散文幽寂的大师，一如他们对茶的态度。

周作人五十自寿诗有"旁人若问其中意，且到寒斋吃苦茶"之句。其中的意味，恐怕也唯有兄弟失和后，远在上海的兄长鲁迅可知。他不喝兑奶的红茶。红茶兑奶，就如在环境优美的茶舍，忽闻脂粉艳香，抬头见华裳美人，踩着高跟皮鞋蹬蹬而入一般，此时茶意难免尽消。

有一部获奥斯卡奖的美国电影《闻香识女人》，记得许多年前看时，我还是一个青涩少年。这部经典影片改编于意大利影片《女人香》。当年，我是冲着著名演员阿尔·帕西诺去的，同时看多了明清时期的小说，也着迷于如何闻香。

看完电影，我生出许多复杂的感受。是的，一部好电影，除了演员的精彩表演，应该多给观众一点内心的触动和感受。一次意外邂逅、一场经典探戈、一出恣意飙车，加上一段酣畅淋漓的演讲，《闻香识女人》为我们完整地勾勒出生命从"毁灭"到"重生"的全部过程。

编剧古德曼曾说："争强好胜的退役军官，想了结自己的一生，结果他碰到了生命刚刚开始的中学生——这无疑会唤醒他对生活和生命的渴望。借用《梵高传》的名字来说，就是'渴望生活'。"（《梵高传》的英文名是 *Lust for Life*）

古德曼那演说家般的说辞，表达出人类渴望生活的美好愿景：如果，日常所见的一切是不堪和腐臭，我们是否要恪守内心的原则，闻到生活中虽然罕有、但依然存在的一缕清香而勇敢地生活？

我过了不惑之年后，小结一下自己的人生，发现女人香确实闻得不多，明清小说里的"香汗淋漓"也未遇过。但其他的香，如食之鲜、酒之淳、花之芳，我则赏尝了不少，最让我感到深刻的，还是茶香。

茶言

我的老家江苏，有茶名碧螺春，是中国十大名茶之一，属于绿茶类，发源于苏州吴中一带，其别称"吓煞人香"。《苏州府志》载，每年春，妙曼少女上山采茶，"叶较多，因置怀中，茶得体温，异香突发。采茶者争呼：吓煞人香！茶遂以此得名"。

呵呵，这个传说，倒真是某些爱茶又爱美女的人的想象，不能当真——茶叶娇嫩，刚摘下来的芽叶不放在阴凉的背篓竹筐里，却偏要夹入少女怀中，若与劳作时淌出的汗液相混，叫"吓煞人也"还差不多！

但雅士们十分偏爱这个传说，只要是酥胸，似乎流出的汗总是香的。不信请看："蛾眉十五采摘时，一抹酥胸蒸绿玉。纤衫不惜春雨干，满盏真成乳花馥。"

此茶历史悠久，在清朝康熙年间成为贡茶。据说康熙感觉"吓煞人香"不雅，随即亲自赐名——"碧螺春"。

我胡乱翻阅书，感觉中国的名茶，其大名不是皇帝所赏，就是状元名士所题。仿佛那些采茶制茶的百姓，只知道默默地烘炒焙茗，却连所制作的茶叫什么也不知道了。

碧螺春之名，我以为比较靠谱的解释是：取其汤色碧绿，茶叶卷曲如螺，春季采制，又采自碧螺峰，因而命名为碧螺春。当地茶农对碧螺春茶的描述为：铜丝条，螺旋形，浑身毛，花香果味，鲜爽生津。

我的弟弟工作后，曾寄过两听碧螺春给我，31.25克为一听。他特嘱：很贵，细品，勿赠他人。我忙取出计算器细算，一共是一两二钱五，估计这茶确实很贵。但好茶还是和二三友共饮才有趣，遂邀朋小聚。可是喝惯了乌龙茶的朋友们，皆嫌味道寡淡。这也是焦大不喜林妹妹、织女偏偏爱牛郎的佐证。佳茗与佳人，都得遇上"对眼"的才好。

其实，品赏碧螺春，也是一件颇有闲情逸趣的事。取茶叶入透明玻璃杯中，可见芽叶纤细、卷曲成螺，满身披毫、银白隐翠，以少许开水浸润，待茶叶舒展，再将杯斟满。一时间，杯中白云翻滚、雪花飞舞，赏心悦目。闻之则清香袭人，品之则鲜雅清芳，微苦甘爽。

品茶有香。香，当然都是人去闻、去尝与鉴赏出来的。

文学家形容香，有美妙的词汇。在科学家眼中，香，

首先是一种挥发性的芳香物质；其次，是引起人的嗅觉细胞神经冲动；再次，是人的感官和心智正常。于是，人可以闻到香。

芳香物质的成分，则是：醇类、酮类、酸类、醛类、酚类、酯类和喹啉、吡嗪、吡啶类等。这些看着冰冷的名词，组成了我们感受到的香。也因此，我喜欢闻香品香，不爱研究那些冰冷字词究竟意思是什么。

茶叶大约由700多种芳香物质组成，因而有着复杂多变的香味。每一款茶，都有自己独特的香气。

碧螺春与龙井、毛峰、银针，纯澈清芳，都要在透亮茶杯里赏形、观色、品香，梦一场"春来江水绿如蓝"的诗意佳品。

铁观音与岩茶，其香则重"韵"，甘醇悠厚，有"七泡余香溪月露""石碾轻飞瑟瑟尘"之畅然。

红茶温婉柔媚，泡在英式"Amherst"茶杯或者雅致的带浸渍器的玻璃茶壶里，汤色亮魅如琥珀，确实如贵族夫人与名媛小姐，也合了中国现在追求高贵风雅的人和小资人群的喜爱。

至若普洱黑茶等，风炉慢煮，陈香随着水的雾气缓缓漂浮，非有沉静功夫不得探其香与味。

正是《广陵散》虽好，今日几人可赏之意。

说到底，茶还是以随意喝为好。品茗成了专业，仔细去观形、闻香、赏色、辨味，倒真是件费神劳心的事。一款茶，其色香口感，只要合了饮茶者的心与脾胃，就是饮茶者心中的"佳人"。

好茶，在喝过之后，确实会令人怀想留恋。茶痴相聚，常言及自己曾经品过的某一佳茗，有再访再探不得的唏嘘。于是便有了刘希夷"年年岁岁花相似，岁岁年年人不同"般的感慨。

其实，时光洗涤之后，留有余香的往事，应当是足具感恩的。若想事事圆满的人，应该仰头望月，观一观古今明月几时圆。

香，总是一缕一段，似难长留。为此，留一盏茗香于心中是最好的选择。

读古龙的小说，最爱一个名字"楚留香"。"楚"是一个富有诗意的字，人若能楚楚留香，自不必朝秦暮楚。

吃茶

茶言

　　据某位名家说，读书需和四季节气相宜。我以为，倒不如喝茶随性。

　　一人品茗，实在不需要挑日子、选时辰。不论春光花前、秋雨檐下，抑或炎炎酷暑、凛冽寒冬，一把壶，一只杯，在哪里都可怡然自得：摸摸壶，赏赏杯，缓泡慢饮，细品茶韵。此时也可佐瓜子果脯，最宜一卷在手，闲读春秋。当然，一人独斟，就是发呆，也不见一丝傻气。

　　如是二三朋友，则把盏促膝，一面饮着芳香的茗草，一面聊着相投的话题，偶尔为一观点争得面赤，三杯茶下肚，亦是畅然；若是久违重逢，更是忆昔道今，在一堆堆茶山中忘记了时光。若是朋友六七人，则言谈海阔天空，茶，在此时为解渴提神之物。

　　古人吃茶，有"一人得神，二人得趣，三人得味，七八人是施茶"之说，这样看来，确实如此！

至于茶叶协会或商会茶聚，少则三五桌，多则上百人，热闹的场景似梁山好汉群雄聚义。这种阵势，就我看，应该大碗吃肉，大杯豪饮，实是宜饮酒而不宜饮茶的。

客来敬茶，早就是我国百姓人家的传统礼节。唐宋时期，饮茶在我国有繁复的礼仪，传至日本，从荣西禅师到千利休，逐渐发展成日本茶道。不论煎茶、抹茶，在专门的茶寮，用炭火文煮，在繁复的程序中体味茶之"和、敬、清、寂"。尽管明治维新后，"茶道"在逐渐西化的日本曾一度式微，但"二战"之后，随着经济的腾飞，"茶道"作为日本的传统文化，再次有了很大的发展。

我国经元明时期之后，茶的饮用方式发生了极大变化，改为冲泡直饮。所以在大部分地区，客来敬茶的习俗已经变得十分简单，多用玻璃杯和瓷杯，撮茶入杯，开水泡饮。

古人煮茶不易，炉、炭、水皆须存备——《红楼梦》里妙玉泡老君眉，用的是陈年梅花雪水，还存在地下。茶用来待客，古诗文里常见，如"寒夜客来茶当酒，竹炉汤沸火初红"，算是茶诗里最出名的句子。"竹炉汤沸火初红"，可见客来并不是马上就能饮到茶，那一份架炉、置炭、取水的麻烦，一定不是浮躁的现代都市人所能忍耐的。那么，"竹炉汤沸火初红"的那份美妙意境，现代人又如何能深切体味呢？

"满火芳香碾曲尘，吴瓯湘水绿花新。"或许，古人客来要敬茶，也是对人生岁月的慢煎静待和温情致意。

闽南与潮汕地区，老茶客们泡茶，则讲究一个"品"字，嗜茶者皆用小壶小杯，嗅香、试味、品韵，谓之"工夫茶"，与袁枚《随园食单》所记无异。

二十世纪八十年代末，我到厦门求学。当年鹭岛的大街旁骑楼下，常有支起来的茶桌子，主人用紫砂小壶或白瓷盖碗，泡浓浓的铁观音。不论是相识的或是过客，皆可坐下来饮一杯茶，与主人聊几句天，一种散淡从容与悠闲的市井生活，就在这一壶茶里显现。如今，这种温暖的场景，随着城市快速发展，在高楼大厦所组成的新商圈里已经消失。

但有意思的是，这个城市里"工夫茶"的品饮方式，确实改变了众多外来"新厦门人"的饮茶习惯。作为沿海特区，厦门的外来人口已经远多于本地原住人口，不论在公司见客还是家中会友，茶几上几乎都会摆上一套工夫茶具。简单的，茶盘、茶杯、紫砂壶或盖碗三样必备；讲究的，则要置上茶船、茶海、茶托、茶则、茶夹、茶巾、茶漏、茶宠等，不一而足；若要更风雅些，还要一款茶来配一款壶，燃起沉香，插上一瓶花木。

吃茶，已经是沁入厦门人骨髓与血液的事。许多人的每一天，都以茶开始，又以茶结束。茶中有春秋，无由持一碗。无论在忙碌的日子里为何事烦劳，且吃杯茶。

茶烟相佐宜读书

立夏，茶烟相佐，读什么书好？

我以为，却早不是张潮《幽梦影》里所言："读经宜冬，其传神也；读史宜夏，其时久也……"当今时代，广杂的信息早就代替了知识的广度与深度。网络名词里的"公知"，对比于过去的学人，也似拟"公知道"更为妥帖。因而有书读，会读书，不论春秋冬夏，都是美事一桩。

文友何况兄，好酒不嗜茶，亦一蠹鱼。2013年7月28日，我得其所赠大作《文园读书记》。值炎炎夏日，我用大杯泡了铁观音，一天看完，对《文人的书房》一篇记许觉民语"书斋是我生命相连的第二生命所在"印象深刻。书斋开启了读者的第二生命，并走进更多精彩世界，是爱书人的共识。书斋外，文人也常常茶会或酒聚，是为雅集。雅集后最出彩的东西，不是经史子集大作，而是酒酣后的天下第一行书《兰亭序》。

翻开中国历史，喝茶与读书虽相宜，可书与文人，似乎总是多灾多难，茶与茶人，则怡乐康健。由此看来，喝茶确实是美事快事。

2011年4月，齐世英之女齐邦媛的《巨流河》在大陆出版。她在书中回忆老师朱光潜讲英诗课，念"湖畔派"诗人华兹华斯的诗：

> "If any chance to heave a sigh,
> （若有人为我叹息）
> They pity me, and not my grief.
> （他们悲悯的是我，不是我的悲苦。）"

老师取下了眼镜，眼泪流下双颊，突然把书合上，快步走出教室，留下满室愕然，却无人开口说话。

那是1944年的秋天。

朱光潜曾说："据我接触到的世界文学情报，全世界得到公认的中国新文学家，也只有沈从文与老舍。"

五年之后，沈从文永远离开北大讲堂。老舍，应一时热烈而诚挚的邀请，从美国回到北京。

我家有从文先生的全集，近年更常翻看先生的《花花朵朵坛坛罐罐》。1950年，先生因承受不了政治压力而自杀，获救。此后，如汪曾祺说的，他的一生分了两截。1949年以前，他是作家；1949年以后，他变成了文物研究专家。而其中之艰辛坎坷，又岂是旁人所能轻易感知？倒真是应了这样的话：该笑的时候没有快乐，该哭泣的时候没有眼泪。

2007年，我去湘西凤凰，除了看看被人遗忘、曾是民国第一任民选内阁总理熊希龄的老宅，便是去从文故居。那时游人已多，熙来攘往，把我梦里的古城击为碎片。

据说，1987年和1988年，沈从文两度入选诺贝尔奖提名。马悦然说，1988年，他向中华人民共和国驻瑞典大使馆文化处询问沈从文是否仍然在世，得到的回答是："从来没有听说过这个人。"

我去北京，当然要光顾"老舍茶馆"。那时创办茶馆的尹盛喜先生已经作古。记得里面是八仙桌、靠背椅，雕梁画栋，顶悬宫灯，气派如衙门。我吃了爆肚和奶豆腐，喝的是"香片"，也闹哄哄听了一场相声，但内容早不记得了。周边看看，游客居多，完全没有老舍先生笔下的《茶馆》所描述的味道。

老舍先生曾说："生命是闹着玩，事事显出如此，从前我这么想过，现在我懂得了。"那么，写下《茶馆》，看透人生的他，为什么还要去投太平湖？有些生命的确会永远戳到人的痛处。

再谈斗茶

茶言

　　斗茶的"鬭"（dòu）字，在我国古代及现代都是常用字。后来汉字简化，等同于"斗"。于是，本来只有一个读音的斗（dǒu），成了多音字。

　　读去声的"斗"，意思不少。主要有三个：一是相争、对打；二是竞赛、比赛；三是游戏、玩乐，如斗草、斗棋。这样看，斗茶的本意，最近于玩乐游戏，慢慢地，就含有比赛的意思。

　　从历史记载来看，斗茶，是宋代人发明的"茶艺"专利。呼朋唤友，十几人或几十人，或贩夫走卒，或名流雅士，草亭茶铺、名苑"会所"，弄些特色茗茶，煎水点茶，看谁点出的茶汤云山雾色、花香鸟语。宋代的大画家、大书法家赵佶（当然，他的另一个称号是宋徽宗。怎么看，此人都不该去当劳什子的皇帝），就可以把茶汤点出摇曳生姿的莲花图。

斗茶，除了要点出美丽图案，还有一些游戏标准：一是色要白，以冷面粥为上，蔡襄的《茶录》里载，"茶色贵白"，"以青白胜黄白"；一是无水痕，茶汤与盏之间，水痕（茶色水线）少为佳。如果水痕"紧咬"盏沿，久聚不散，这种最佳效果，有专业术语叫"咬盏"。咬不住茶盏，汤花一散，汤与盏相接的地方就会露出"水痕"。因此，水痕出现的早晚，也是优劣的依据。

以此推断，宋人"斗茶"用茶，应类似于现在日本人喝的一种抹茶，需要把茶粉均匀"打"出汤来。

宋朝立国之君赵匡胤，惧枪不怕笔，是较早意识到"枪杆子里面出政权"的人。因此，他宅心仁厚地玩个"杯酒释兵权"。从此，从帝都开封的朝臣到地方封疆大吏，均由科举文人担任。这样，有宋一朝，成为文化极其发达和极受重视的年代。于是我们发现，宰相司马光是个史学家；宰相王安石是作家兼诗人；被贬来贬去的"公务员"苏东坡，在诗词书画方面样样玩成了大家。

他们玩茶吗？当然！

宋人玩什么文化都极其讲究。茶道，上起皇帝，中至士大夫，下到白丁布衣，无不好此，他们还忙着著书立说加以理论。如风雅皇帝赵佶撰有《大观茶论》；礼部侍郎、书法家蔡襄撰有《茶录》；进士黄儒，则有《品茶要录》传世。就是写下千古名句"先天下之忧而忧，后天下之乐而乐"的范文正公，笔下也写出活色生香的《斗茶歌》。在民间，制茶工艺和饮茶方式也不断创新，据唐庚《斗茶记》里载，在民间，斗茶时，人们也是三五知己，各取所藏好茶，轮流品尝，决出名次的赏品游戏。

茶禅一味，斗茶，当然少不了古寺里的和尚高僧。据说，有名的禅茶道，是浙江天目山的径山寺。把柔嫩的芽茶碾成粉末，用沸水冲泡调制的"点茶法"，就是在这里创造的。南宋开庆元年（1259年），日本南浦昭明禅师来径山寺求法，归国后，便将径山寺茶宴仪式传播到日本，在此基础上形成了日本茶道。现在，从网络图片上看到，有人经过研究，武夷山茶区也可点出图案。一位朋友去学，满头大汗地为我表演了一次，手都转酸了，打出来的图还是抽象形，可茶汤，倒真是一碗泡沫白。

二十世纪后半叶，斗茶，在中国重新以"茶王赛"的名义出现。但这个"斗"字与游戏不同，和"斗"的第一个意思相近，是要分出胜负、分出"茶王"的争斗。往深里一琢磨，斗茶时怀有的胜负心，皆从不甘心开始。

如此，茶，给我们明目清心的情怀，和、洁、静、俭的精神都没了。从弃儿到成为茶圣的陆羽曾诗云："不羡黄金罍，不羡白玉杯。不羡朝入省，亦不羡暮登台，千羡万羡西江水，曾向竟陵城下来。"尽管他一生流徙，孑然一身，却逸趣高远。他殚精竭虑所著的《茶经》仅区区七千字，却泽被后世，润沁着一代又一代的中国茶。鸿渐羽化，继有来者。

萧然幽关处，院里落茗烟。点茶与品茗传播到日本，在一代高僧千利休大师的创研下，渐渐发展成以"和、敬、清、寂"为精神境界的日本茶道，它没有"斗茶"，强调的是一种境界的提升与心灵的交流，它鄙弃庸俗与势利，重视人格的高尚与伟大。同时，如千利休大师的弟子绍鸥所说：应把伟大的爱与善普及到像茶一样微小的事物上，对卑微的事物也要像对自己的爱人一样细心呵护。我想，这是云在青天水在瓶的一种境界与胸怀。

不论"斗茶"和"茶王赛"今后的命运如何，浮生若茶，赵朴初先生的诗典，在每一个个体的生命中，应该永久留有一席之地："七碗受至味，一壶得真趣。空持百千偈，不如吃茶去。"

人間至味是清歡

襄煒

那些年喝过的酒和今日的茶

一九八七年，分明的遥远。

一个莽撞少年背负简单的行囊，坐187次火车，听一路摇摆的咣当声和偶然间响起的高亢汽笛声，从西北奔向陌生的城市——厦门。

不是旅行，少年却分外兴奋——那是飞鸟出笼的喜悦，似乎从此自己就有了海阔天空的自由。这是值得庆祝的事！列车一开动，他就买了一瓶酒，俨然忘记了母亲在站台送别时红湿的双眼。

我第一次喝酒时，还不到七岁。看大人们在白炽灯下端起白亮的杯子，表情丰富、滋哑有声，忍不住偷倒一杯酒，一饮而尽，什么味道早不知道，醒来已是第二天。

顽皮的孩子在那个年代似乎很多。上小学，逃课、抽烟、打架、离家出走，当然还有偷偷喝酒，他都干过。母亲打得狠，用扫把、皮带、木尺和拖把棍，将门反锁后就打，任门外姥姥姥爷把门拍得咚咚响，她也不理会。

可怜天下父母心！上中学后，父亲只好把我一个人丢回到故里江南读书。吴越之地，自古读书之风甚盛，父亲这种做法，也算仿效"孟母三迁"。

书是得好好读了，否则不就成了没人要的孩子吗？受到欺负，打架肯定还是要打，不论输赢，不告状不诉说，自己去舔伤口。那么，酒，就是独自回到招待所后疗伤的良药。

慢慢地，我交了几个好朋友，凑钱买了半斤散装酒，坐在微波轻漾的运河边喝。高兴吗？喝点酒吧。忧愁吗？喝点酒吧。默默流泪吗？还是喝酒！

六年之中，我打了四次颇为厉害的架，每次在脑海和躯体上都留了印记，但喝了多少散装勾兑劣质酒，就不记得了。

不知何时，我收了心，读书。上课时常看《红字》《雪国》和《百年孤独》一类小说，当然也少不了《射雕英雄传》和《大旗英雄传》，晚上我回到招待所房间，一盏台灯一包烟，和应试教育课本拼命。

终于，我读大学了！凤凰花璀璨热烈，在低矮的旧校门前摇曳，厦门大学外面整条街上，都是年轻兴奋的面孔。

那时的厦门大学，男孩子如果诵诗、饱学、博览雄辩，加上叼着烟、喝着酒、抱着吉他弹一曲《张三的歌》，就是长发飘飘的女生眼中的男神。钱多钱少和家庭背景都不是问题，诗意和远方才是品味和关键。前三样我似乎不及众多才子，那么学学吉他也是好的。我的学费就是到芙蓉楼后边的"东边社"请喝酒。那时候弹《爱的罗曼史》和《大约在冬季》，弹来弹去，我始终还是没学会弹吉他，酒却下肚不少。小炒一上，"鹭江""银城"，开喝。也间或有白酒，记忆中除了"小二"，就是"小角楼""五加白"。

记得也开始喝起了乌龙茶，茶叶和茶具都是同班两个闽南漳州同学自带的，茶名为铁观音和黄金桂。对少年郎来说，自然不如酒有情有味。

毕业后上班，年轻的同事们都单身，大家常去便宜的大排档豪饮"鹭江"啤酒。之后工作的岗位，不是销售业务，就是管理接待，西装领带，登堂入室，酱香的茅台，浓香的老窖，威士忌、白兰地，有时一天得喝四五场酒。许多好玩的人，还有奇特的故事，也在一杯杯红色、黄色和透明亮白的液体里出现，最终又烟消云散。

酒，从科学的角度来阐述，一点美感也没有，即：化学成分是乙醇，食用蒸馏酒（白酒）含乙醇量为50%～70%，非蒸馏酒含乙醇量低，为15%～20%。蒸馏酒还含有高级醇、脂肪酸、醛、酯类物质和少量挥发酸、不挥发酸；非蒸馏酒则含有有机酸、糖类、酯类、醛类等。

从文化的角度来看，酒却是美不胜收而令人神往的。酒，别号欢伯、金波、冻醪、壶觞，又称醍醐、绿蚁、清圣、椒浆，可以钓诗钩，亦可忘忧物。欧阳修有"酒逢知己千杯少"的感慨；曹孟德有"对酒当歌，人生几何"的苍凉；苏东坡的"明月几时有，把酒问青天"，何等磊落畅然；李白的"五花马、千金裘，呼儿将出换美酒，与尔同销万古愁"，何等的豪迈壮阔；李清照的"东篱把酒黄昏后，有暗香盈袖"，则又显出另一种凄凉和落寞。

当然，醉酒是很难受、也很不雅的事。各种情况都会出现，这是常喝酒的人都知道的事。最令人感伤的事是：间或有好兄弟，因为杯中物而吵斗起来，伤了感情，一场原本欢畅的酒席，从此演变为陌路的遗憾。

酒醉不知归路，酒醉污物满屋，酒醉遗失包物，在年轻的时候，都曾发生在我身上。现在想来，真是年少轻狂啊！

后来，我辞职，码字、画画，成了母亲忧虑的双眼里的"闲杂人员"。很长一段时间，夜晚对我来说，变得出奇宁静。孤灯下点燃一支烟，泡一壶茶，对着电脑屏幕，去码自己心中莫可名状的文字。

没有了应酬与被应酬、接待与被接待，喝酒，成了一些好友偶尔相聚的小酌。而茶，则越来越多地走进我的生活。

有朋友来家小坐，品茗后，我会看看酒柜，然后提议："来点酒吧？"妻说："你真是嗜好酒！"

春花秋月终无情。一次大病后，我的记忆力每况愈下，从书架中取出一本似未读过的书来翻阅，竟赫然发现，里面有自己多年前所写的细细密密的批注！而酒，则不能再去畅饮。"烂漫长醉多文辞"这一句，对我已矣。如是，便想起多年前，那位一面摇头诵读《围城》，一面仰脖饮一杯啤酒的朋友；想起那位左手持酒，右手捧《诗经》，每读一首古风，必佐酒一杯的朋友；想起那青春年少、平时沉默，饮杜康而神采飞扬、妙语连珠的朋友，久违了……这两种后遗症，真是无法为外人道的无奈中之悲催与悲催中之无奈了。

人若没有一点嗜好，活着就没了趣味，还好有茶与烟！

每个人吸烟，都有自己忠实的牌子，一般不随意更换。这是在烟、酒、茶中，独特而有趣的现象。茶、酒则和烟不同。尤其是茶，除了种类繁多之外，就是同一种茶种，因气候、栽培土壤、炒青、烘焙的方法不同，泡出来的滋味也各异。

苏东坡有诗云"从来佳茗似佳人"，如果说，酒是将军侠客妖娆美女，茶就是文人雅士清丽佳人。

茶，开始只是单纯地喝。后来经朋友介绍，认识许多茶人，品、观、闻、尝、鉴，对茶越发痴迷起来，动了写本关于茶的小说的心思。那是必须亲临茶乡去感悟与发现的，那么，我就去闽南人常喝的铁观音的故乡吧！

安溪，酒随意，茶必品，坚持这种原则后，我也慢慢结交了许多朋友。唐先生、谢先生，曾、陈、易、王、魏、张等诸茶友、茶人，在我的小说《铁观音》出炉前后，都给了我极大的帮助和支持。多年后，每因眼前一壶熟悉的清茗，就会想到茶桌上和这些朋友品茗话茶的岁月。

渐渐地，我也似乎被冠上"茶专家"的名号，斗茶赛、茶会、茶聚，也被邀了去当评委与嘉宾。其实，茶的深奥与魅力，如此博大宽广，真能穷其境的人是少之又少的。那么，为什么不默默无言，静心吃一盏茶？

酒后高歌，听一曲铁板铜琶，唱大江东去；
茶边话旧，看几许星轺露冕，从淮海南来。

茶酒相对，一清远一豪迈，此情此景，在悠远古意渐渐消失的当下，除了江苏京江第一楼，又到何处找寻？

一晃，人到中年，柜子里的酒沉静，手中的茶微温。此时雨骤，日沉如夜。起身对窗，却想起那两句诗：

大地茫茫，河水流淌
是什么人掌灯，把你照亮。

茶言

茶与咖啡

茶言

作为中国人，不了解茶，怎么行？

茶，在中国有"神农尝百草，日遇七十二毒，得茶而解"的传说。客来敬茶，是每一个中国人都知道的传统礼节。无论都市城镇，还是乡野村庄，可以说，茶的影子无处不在，而且茶的喝法各有千秋。

"咖啡"一词，源自希腊语"Kaweh"，意思是"力量与热情"。而"茶"，从汉字拆开来看，则是"人在草木中"。对这两样神奇的饮品追本溯源，可以感觉到东西方文化的本质差异。

二十世纪八十年代，"滴滴香浓，意犹未尽"的广告，使大多中国百姓记住了一种速溶咖啡品牌——雀巢，也在转瞬间挑起了中国人特有的热情。

同茶一样，咖啡的发现，也有许多生动的传说，但真正的答案至今并不十分清楚。后来我想，也许因为咖啡树起源于非洲埃塞俄比亚，咖啡发现的真正答案，在西方将难以找到统一口径。

对中国百姓而言，喝茶就仅仅是喝茶。过去，北方的大碗茶铺里，贩夫走卒，提笼架鸟，有人皆是哥，无我不称弟。一碗热茶，谈古论今，口沫横飞，热闹非凡。

古代的知识分子，则喜好从物质中挖掘出精神。他们把饮茶提升到了哲学的境界，从涤尘烦到雅志趣，从修身性到悟道心，从"夹山境"到"吃茶去"。茶，慢慢成为中国文化精神的一种象征。

十六世纪初，咖啡传入法国后，咖啡文化深深影响了巴黎市民。街角的咖啡店也纷纷涌现。如同中国知识分子普遍爱茶一样，巴黎左岸，无数的咖啡沙龙内，新的文学、哲学与艺术皆因咖啡诞生。其中，就诞生了众多思想家、哲学家及艺术家，如卢梭、毕加索、里维拉、布拉克和意大利翡冷翠年轻英俊的莫迪里阿尼。当然，我们也不会忘记那个一生被债务逼迫，日夜靠劣质咖啡刺激而写出《人间喜剧》的巴尔扎克。爱伦堡在《人·岁月·生活》中，就记录下二十世纪初发生在巴黎的那些凄怆和动人的故事，地点主要集中于洛东达咖啡店。

一杯咖啡冷了，总有更多的咖啡在炉中沸腾。咖啡，是那些心灵孤寂之人的力量、温暖与激情。在东方文人心中，一杯茶则内敛许多。"合座半瓯轻泛绿，开缄数片浅含黄"，茶成了在儒、在道、在禅的精神代表。

闽南鹭岛，虽不产茶，却大有成为茶都茶城的气势。

讲究风雅的人，汝窑建盏，朱泥紫砂，茶席茶宠，琳琅满目；普通人家，也有德化的白瓷小杯盖碗，把铁观音或是水仙、肉桂，泡出一杯杯工夫茶来。

如今厦门的街头，在茶店茶馆林立的同时，有了更多形态各异的咖啡馆。从装修风格上看，茶店不论奢华与简朴，都是大同小异的中国风，咖啡馆则是各种不同装修风格的展览室。我嗜好茶，又爱那些别具特色的装修风格，茶店和咖啡厅都常去，一比较两者的不同，想想也有些意味。

今天，无论是茶，还是咖啡，其人文与精神的意义都越来越被淡化。茶馆以名贵高档的装修，来体现华夏文化。坐在遮阳伞下舒服的软包座椅中，听一曲英文老歌，美女帅哥捧着杯卡布奇诺，就有了文艺味道。物质归原于其物质性，茶失去了人在草木中的思想，而咖啡的"力量与热情"，又会有多少人去想象？

这个时代，世界早就成为一个巨大的菜市场，喧嚣而骚动，谁都可以很大声地说话，却没多少安静聆听的心。

茶言

茶与烟

茶言

世人常说：人生一壶茶。

然而有时候，一支香烟在手，看那淡渺的轻雾在空中缓缓升腾，洁白的烟卷一点一点化为灰烬，却感觉：这烟草，似更具有人生的象征意义。

不论是"往事如烟"，抑或"一生云烟"，四个字，道出人生多少的悲欢辛酸。

写作时茶烟不离，是许多文学名家固有的常态。"两脚踏东西文化，一心评宇宙文章"的林语堂先生，左手烟斗右手茶，他认为"从人类的文化和幸福的观点来看，我并不觉得人类史上有一样比吸烟、饮酒、喝茶更有意义更重要，而且对于闲暇、友谊、交际与谈话的享受，更有直接贡献的发明了"。

林语堂一面向西方讲述《吾国与吾民》《生活的艺术》，一面又将西方的"幽默"传入东方。他在《八十自叙》中说："并不是因为我是一流的幽默家，只是在我们这个假道学充斥而幽默极为缺乏的国度里，我是第一个招呼大家注意幽默的重要的人罢了。"

林先生于1940年和1950年先后两度获诺贝尔文学奖提名，是第一位被正式提名的中国作家。手托烟斗，面露平和的笑容，已经成为林语堂的经典标签。

与林语堂"两次相得，两次疏离"的鲁迅先生，除了著有《喝茶》一文，观《鲁迅全集》，可知鲁迅先生在文章与日记中多次记述了饮茶之事。如北京的青云阁与四宜轩，广州的陶陶居与陆园，都留下鲁迅先生的足迹。乃至去杭州，他都特意跑到清河坊翁隆盛茶庄买龙井。烟则更是一支续一支地燃烧，以至于我小时候常常看到的各种鲁迅先生画像，尽管姿态不同，却都擎着一支烟卷在手！鲁迅先生自语："每当夜间疲倦，正想偷懒时，仰面在灯光中瞥见他黑瘦的面貌，似乎正要说出抑扬顿挫的话来，便使我忽又良心发现，而且增加勇气了，于是点上一支烟，再继续写些为'正人君子'之流所深恶痛疾的文字。"

果然是"与其称为文人，不如号为战士"的鲁迅先生，果然是"横眉冷对千夫指"的鲁迅先生！这也是林语堂始终敬重鲁迅先生的原因吧。

我的"烟龄"与"茶龄"，俱已近三十年。五年前咽喉部做过小手术，医生再三叮嘱我：戒烟！

戒烟对我是常事。凡咳嗽感冒，均可一两天不碰一支烟，是为戒。这样看来，烟很好戒。但难受的事是，双手都不知往哪里放！当其时，戒酒已多年，若再戒烟，自感人生乐趣大减。一星期后，我终于还是左手执烟，右手端茶翻书，其间况味，妙不可言。

特别是辞职去码字之后，茶与烟，确确实实成了我手中不离的良伴。"茶米烟粮"，实为我和有此同好的朋友们专门发明的词汇。

茶，自从饮后，我从没断过。晨曦鸟鸣起身，第一件事，必是炉上煮水。待洗漱完毕水开，取乌龙茶放入紫砂壶，美美地把香茗喝透了，方点烟起身，去做他事。亦有医者说："像你这般喝茶，不怕骨质疏松吗？"我到医院里一体检，果然患了骨质疏松！我虽怕，但更怕没茶喝！

狄更斯说，茶将永远成为知识分子所爱好的饮料。

我第一次正式买烟，是读大学期间。那时我囊中羞涩，常和室友凑点钱，到楼梯夹角的小店铺，买几根"沉香"来抽。老板娘的一个木桌抽屉里，也总备有几包拆开的烟，按根来卖，以"照顾"穷学生："沉香"廉价，"金桥"则稍贵，还有个叫"鼓浪屿"的牌子。沉香、金桥、鼓浪屿，名字听上去都很有诗意。经年后，这些烟多不见了。福建烟，则以"七匹狼"雄霸天下。

在那个时候，我几乎是不买茶的。因为在闽南求学，总有闽南的学友带来一大塑料袋的乌龙茶。那时，无论烟还是茶，总还便宜，是百姓人家的必需品。如今时代变化飞速，有些牌子的烟与茶早已成为奢侈品，成为一些人身份与地位的象征。

这样一看，我们也对"人"这种高级动物的聪明大脑，产生一丝怀疑。茶，默默地告诉我们，人终归于草木；烟，在一吸一吐中转瞬变化，最终化为乌有。红尘中的生命，不论悲欣交集，不论幸福愁苦，无人出于此右。

地球上的植物，超过一百万种，然而与我们人类关系密切的，不过数百种，大多和我们的生命维持有关。但大面积种植烟与茶，却有点例外。

很明显，不喝茶，人不会死去；不抽烟，人或许应该更健康。那么，人们对烟与茶的嗜好的原因，恐怕只能从人类心理或者精神意义上去阐释。一束火苗腾起，双唇翕张，一缕轻烟意态美妙地进入体内；一道热流飞出，手捧杯盏，一股醇香温暖滑顺地流入胸腹，都是一种奇异的感受。它们穿透了身体，穿越了大脑，给我们带来了什么？"试问闲愁都几许？一川烟草，满城风絮"，还是"归去，也无风雨也无晴"？

茶的出现过程似乎很神奇："神农尝百草，日遇七十二毒，得茶而解之。"烟则源于美洲，所以我们说"神农未品，仲景失笺"。但早年的欧洲，也把烟草当成抗毒剂、杀菌药等包治百病的良药。这两种独特的植物，都曾被人类当成"药"，灵丹回春，药到病除。

起死回生，从文化和精神的意义看，都含有神奇的特点。

　　不论植物学家和化学家，对烟与茶的分子和化学成分如何研究与分析，它们对普通人而言，就像米饭馒头、青菜鱼肉一样，知道可以吃、喝、抽就好。谁会去说今天吃了碳水化合物、膳食纤维、胆固醇，还有磷、铁、钾、钙、镁、铜、锌？

　　人类虽然已经走过漫长的岁月，但相对于宇宙而言，实则太短太渺小。我们的智慧放之于宇宙，也不过沧海一粟。

　　如今的深夜，青灯之下，一壶老枞水仙，一支好烟，翻阅些笔记话本，是我无上的享受；也是在满眼浮华的世界里，烟与茶是能让我静坐下来，写些闲言赘语的心之良药。

咖啡馆里的下午茶

咖啡和茶，都是很古老的饮品了。

但不知为什么，在看似崭新又古老的中国，咖啡似乎总和年轻人紧密相关。饮茶，则貌似是皓首白髯老者的事。

其实，无论咖啡还是茶，都是现代都市孤独客厅里的一份温暖和舒心，让人可以发幽，可以欲言，可以在微微散发着幽香的气息里，度过一个美好的下午。

二十世纪八十年代后，咖啡没有了姓"资"姓"社"的名分之争，重新进入中国。

那时的厦门已经是"特区"了。为了看看大海，瞧瞧"特区"的模样，我在八十年代后期到厦门大学读书，遵从父母之命选择了经济专业，但对什么是经济，我的脑子里没半点概念。

凤凰树和大三椰摇曳，这是我从来没有见过的南国情调，楼是不高的，海是湛蓝的。不久之后，在南洋风熏的骑楼下，我也像本地人一样，身着短衫短裤，赤脚穿一双拖鞋，行走在大街小巷。

当年的街上，常常飘飞起港台流行乐曲，随意支起来的茶桌子不时可见。潮汕小茶壶里，缓缓流出酱油水般的浓茶，"啉嗮"就成了我无师自通的厦门话之一。可咖啡馆却少得可怜，偶然发现一两处，则装修高档，并只接待衣冠整洁人士，让人在进门前都得心虚地按一按钱包。

多年以后，在大街上穿拖鞋行走的人越来越少，茶桌子也都悄然隐到店铺里面去。两万多家的茶店茶行，和雨后春笋般出现的咖啡馆，分散在这个城市的各个角落。

据说在欧洲，如巴黎和维也纳，咖啡馆里常坐着老人，听着圆舞曲或民乐，悠然而缓慢地度过一个下午的时光。这其中，当然也少不了许多著名的艺术家和文学家的背影。后来咖啡馆"移植"到中国上海，同样的法式或英式风格装潢，咖啡馆里坐着的人，则多为捧着一本书的文青小资，他们冬季里围着松软的围巾，捧一杯香浓的咖啡，看斜斜的阳光透过格子窗，洒在一双厚绒暖和的靴子上。

厦门冬季无雪，但人类都喜欢温暖，因此亦不妨穿着靴子到咖啡馆一坐。

只是这里的咖啡馆，装饰风格随兴而各异，尽显咖啡馆主人和设计者的才能与妙想。美与不美，恰当与不当，那都是美学家的事。咖啡馆大多店面不大，延伸到门外，竖起或墨绿或铁锈红的遮阳伞，下面摆上桌椅待客。许多客人以找个舒适的地方一坐为主，或聊天，或专注地捧着手机，如对待佳人情郎。

如今这种情景，常见如多年前的茶桌子，只是以前茶桌子的主人不收费，而咖啡，总是要花钱买的。

我粗通饮茶，常去的茶店不少，但对咖啡不甚了了。有时也会去两家咖啡馆坐坐，都有点原因。一家是几位朋友力荐，据说在鹭岛，属此地咖啡味道最正宗。当然，我去一般也都是陪客。另一家，则因为里面有一个书架的书，可观可售，价格还打折！这一点对我而言，则比咖啡本身重要。还有，此店地址离我的住所颇近，我点上一支烟，散着步就到。

下午，不论天气阴晴，走入店，瞄着书架边的桌子过去坐了，抽取几册书放下，方才看着酒水单，点一壶茶。

茶大多是欧式花草茶，会配上一碟茶点。当然也有伯爵茶，但味道不算正宗。伯爵红茶的茶叶，如果不用优质印度大吉岭红茶或斯里兰卡红茶，至少佛手柑油或香柠檬油的味要够才好。

这一处座位的西侧是到屋顶的书架，东南两面则被落地的玻璃窗围着。有阳光的日子，半眯着眼发呆，或想象自己如一只自在的懒猫窝在靠背椅里小憩，当然是惬意的事。阴雨的日子，观窗外雨打绿叶，抽烟喝茶，想到余光中先生的《听听那冷雨》，杏花、春雨、江南，仿佛那片水乡就在眼前。

坐在此地，宜写点散淡的文字，或者挑些闲书来读。

多情而文艺的朋友，在这个时候读杜拉斯《琴声如诉》，读麦卡勒斯《伤心咖啡馆之歌》，最是应景。有考据癖的朋友，也会从书架上寻出一两本方志、文献来翻阅。这个咖啡馆因兼卖图书并有优惠的折扣，爱书的人，离开咖啡馆的时候，手里都或多或少会提一些书回去。

有时候，我也会拎着电脑包到咖啡馆，并码几个字。夜幕降临之时，合上电脑，听到咖啡馆昏暗处传来依稀的旋律，我偶尔会感觉，那个曲调好似自己曾经历过的一场旅行。

许久不见的一位朋友归来。我问他跑哪里去了？

他答曰："先是去台东，天高云淡。之后徒步不丹，美的净土！你呢？这一段忙啥呢？"

我笑笑说："咖啡馆里，下午茶。"

人淡如菊

心淡如茶

夏辉

佐茶话道

茶言

雨多而微寒，是今年厦门早春的特点。

天高云淡的日子，呼朋唤友，选一清幽佳地泡茶，是鹭岛最常见的生活情景。阴雨微冷的天气，约人品茶就成了难事。其实，雨中雾气氤氲，山黛天青，也有品一壶好茶和神思遐飞的逸趣。

鹭岛小城的茶店有上万家，典雅奢华、古朴简约是其外形，哪怕是骑楼下随意支起来的一张茶桌子上，也有投缘对口的好茶吃。万盏千茶中似乎少有石破天惊的英雄故事，但在一壶慢慢泡、细细品的工夫茶中，平凡岁月也就有了不同的颜色。

泡茶，曾使厦门人的生活有了一种特别的慢节奏：荣辱不惊。据说，这是君子才有的品质。

关于君子，据我目前所见到的资料看，以《论语》里的论述最多。子曰："君子道者三，我无能焉，仁者不忧，知者不惑，勇者不惧。"不忧、不惑、不惧，多简单的君子之道。说白了，就是吃得下饭、睡得着觉、夜里不怕敲门。

好东西的本质就是简单，但简单归简单，如今有几人能做到？

"滋荣冬茹温常早，润泽春茶味更真。"春来，有好茶者以品新尝鲜为乐，争相购买明前茶、雨前茶来品。其实，"茶叶越新鲜越好"的观点是一种误解，喝过于新鲜的绿茶，容易损伤肠胃。普洱黑茶类，则有越陈越好之说。买回的春茶，最好存放一段时间，等茶中的多酚类物质自动氧化，对胃肠的刺激降低以后再喝为佳。龙井雀舌明前茶，实是蝉鸣榕树荫时的消暑佳品。

春虽到，茶发晚，迎春观花放，听雨品秋茶，是老茶客们的共识。秋茶，以铁观音和武夷岩茶为上。铁观音发源于安溪西坪，近年以感德和祥华等海拔较高的山区出产的铁观音品质为佳。其色泽油润，砂绿明亮，外形壮结，颗粒饱满，冲泡起来汤色金亮，花果之香浓馥持久，水中带韵，唇齿留香，有绿腹红镶边、七泡有余香的美誉。

岩茶的历史则比铁观音悠久得多。如果说铁观音是闽南乌龙的花魁，那么武夷岩茶就是闽北乌龙的君王。唐人孙樵在《送茶与焦刑部书》中，给了武夷茶"晚甘侯"的称谓。岩茶有十大名枞，大红袍为其翘楚，其他名枞有铁罗汉、白鸡冠、水金龟等。现代主栽名品是大红袍、武夷肉桂和水仙。

这两种茶不寒不火，可清心明智，交友养性。当然，人有百家姓，茶有千种味，喝茶还是以个人的口味为上。我的一位朋友，开茶店，几十家连锁，却自诩只喝铁观音，说是爱之深切，也未免矫情。正如春有百花秋有月，如若只爱春天，又怎能体味到四季更替带给我们的无限风景和美妙时光？

立春一过，阳气生发，有人踏青，有人赏花，爱茶的人就忙着商量准备聚个品茶会。看友人的微博，知道又在榕城琴南书院品茶，茶名石乳。宋人顾文荐《负暄杂录·建茶品第》里曾载："又一种茶，聚生石崖，枝叶尤茂。至道初，有诏造之，别号石乳。"石乳作为茶名，顾名思义，有岩石韵、有乳香，饮之，柔滑甘香。石乳又名石乳香，产自武夷岩茶核心区慧苑、大坑口一带，是岩茶中的小品种茶，产量不多。陆羽《茶经》中所云："上者生烂石，中者生砾壤。"好的石乳干茶条索紧结纤细带宝光，具有奶香和果蜜香的混合味，水质柔滑而甘甜。

在林琴南的被改造的书院品茶，听起来就是雅事——雅事对于当代红尘，变成是极少数人的专利——对古人则常有，譬如松下闻琴，譬如泉边烹茶，譬如不脱蓑衣卧月明，譬如牧童信手横笛吹。若说今古不同，大约是今天的雅，太过奢侈。

喝茶是雅事。雅事亦分风雅与附庸风雅，俗的雅与雅的俗。国兴世盛，茶馆渐渐蜂拥于高档化，乃至从高档到奢靡，管他风格风骨，管他赝品仿制，古玩珠宝、青铜红木，搬了来堆砌一会所，就把风雅换作附庸；世盛茶兴，茶事多多，逢茶事，常有茶艺表演——演不好，就把俗的雅变成雅的俗。这一切，都因失了平常心。平常心一失，忧、惑、惧就都来了。你若不信，看看都市的夜晚，有多少华灯与孤盏，伴人到天明？

中国古人饮茶，也要生煎烹煮，加盐加葱、添姜添枣，是为茗饮，就像现在英国人喝茶总要添点什么。以唐代陆羽为分界，此后的茶越喝越纯粹，喝出了其中寓意的精神和文化。

去过武夷山的爱茶人都知道这句话：千载儒释道，万古山水茶。你看，茶烟袅细香，是朱熹的文公茶；大红袍祖庭，是永乐寺的禅茶；大王峰下止止庵茶，则有道家高卧云堂留梦醒，笑骑白鹤归蓬莱的境界。茶与山、与水，与儒、道、禅的紧密关系可见一斑。

这又和中国人的文化基因有关——我们的传统文化，说白了是儒、道、释三家共处一堂。虽然有些杂，虽然每家各具个性、各有境界，但却已经和谐相处了上千年，而且还将一直和谐相处下去。二十世纪，学者梁漱溟通过研究认为，中国文化的特征是一种"调和持中的态度"，这在儒家，就是所说的"和"。即便是一个没读过《论语》的人，也都知道"和为贵"三个字，足见"和"对整个民族的影响。此话出自《论语·学而篇》："礼之用，和为贵。先王之道，斯为美。"对孔子而言，天下为公、和而不同的大同世界，应该是儒家所追求的最高理想社会。与之相应，好茶出深山，深山有佳泉，不论是哪一种茶，其高洁清雅、不卑不亢、大美不言，首先与"仁者乐山、智者乐水"的思想契合。有了仁与智，几近于茶，也几近于君子。以至于清人杜濬每饮茶，必将残茶收聚于净处，至岁终封成小丘，并拟《茶丘铭》："吾之于茶，性命之交……世有常变，遇有顺逆……吾好茶不改其度。"

茶，从更深层次而言，符合中国自古就有的"天人合一"思想，也是百姓追求的一种理想生活方式。草木之地，有青山，有碧水，再加上茶，就是美好的伊甸园，就是陶渊明一心向往的桃花源。这听起来有点像今天都市人爱去的"农家乐"。山水相映，豚栅鸡栖，半掩扉门，无三聚氰胺苏丹红，有一杯香茗稻粱肥。无忧无虑不怕，向往吧？"农家乐"只是暂且的逃离，是对生活在别处的向往。想长久保持，似乎就要以自然的和谐为摹本。且看《道德经》里言："人法地，地法天，天法道，道法自然。"这是茶与道的紧密关系。

茶在释家，则有"执象而求，咫尺千里，华枝春满，天心月圆"的欣喜与静然。禅宗六祖《坛经》说："恩则孝养父母，义则上下相怜，让则尊卑和睦，忍则众恶无喧。"释家认为吃茶，来自对个性的尊重。他们认为人人都有佛性，众生平等。

不论是绿茶的清苦、乌龙的醇厚，还是红茶的甜美、普洱的谦和，和、敬、清、寂，为茶饮的不变精神，没有暗斗与明争，鄙弃庸俗与势利，它强调境界的提升与心灵的交流，重视人格的完善与高尚。日本禅师绍鸥曾言，应把伟大的爱与善普及到像茶一样微小的事物上，对卑微的事物也要像对自己的爱人一样细心呵护。我想，这是一种胸怀，也是大爱。

现在的高僧，除了爱茶，还喜欢为人念经加持与题字。古时的和尚，却还插秧并作诗。五代时高僧契此田间插秧后，就作了首传于后世的诗："手把青秧插满田，低头便见水中天。心地清净方为道，退步原来是向前。"我们不去探究诗中的禅机和隐喻，联想到吃茶的礼让为先和合相处，就知道茶性，清净方为道。

由此可见，不论是儒家的以茶养心，道家的以茶养身，还是释家的以茶养性，与茶"蕴和净静"的禀性都相通。

举案齐眉，相敬如宾，案内一盏茶的可能性比一壶酒要高。但天天举案齐眉，不但形式大于内容，也乏味得很。被当代国人捧为举世之宝的孔子曰："吾未见好德如好色者也。"色，是人之天性；德，需戒慎修省。用之于茶，色与人观，香与人闻，味与人饮，由是何人不色？好之而不迷乱，也许生活将更美好。如是，可道三个字：吃茶去！

——正如世间有多少对爱人，就有多少不同的爱情故事；人间有多少种茶话，就有多少茶之道。我们行万里路，不只是为了走。走，是为了到另一个境界；停下，是为了欣赏人生。

此时，在一缕初春的茶烟中，想起唐代诗人卢肇的一首小诗：

> 谁人得似牧童心，牛上横眠秋听深。
>
> 时复往来吹一曲，何愁南北不知音。

稀里糊涂的茶道

茶言

我码字，最怕命题写作。

少时参加中考，写作文时跑题；及考大学，写作文也还是跑题。好在大学读的是经济系，所以现在敢写东西，因为不怕中文专业的人笑我跑题。

但成为写作者后，常有命题类的约稿。这不，某杂志又约稿，稿酬颇丰，命题曰：《佐茶话道》。

于是我想，和各类茶友一起喝了许多年茶，我们都在谈论些什么道？

一想之下，我大为失望。

我的茶友，大致来自三个圈子。一是码字、搞文化艺术的朋友；一是种茶、卖茶，经营茶馆、茶店、茶具和茶食品的朋友；再有就是一些经商或企业管理方面的人士。

文艺界的朋友，大多内心孤独寂寞，茶杯在手，谈书、论画，讲讲文人墨客的往事与新闻，说说文化与时政的关系，红颜与知己的风雅，清言雄辩，五六而泛，一切皆是过眼，哪里还想起什么道？

茶圈的友人，团坐一起，则就茶论茶、品香赏色，或曰水好，或谈韵香，评品的都是茶质、茶价。爱茶之人，皆知器为茶之父。茶具将茶与文学、书法、绘画、篆刻和陶瓷艺术结合，每个老茶客手上，若无一两件精美茶具，如何在圈内混呢？于是鉴壶观盏，玩只斗彩杯，把个石瓢壶，配上古树普洱、老枞水仙，慢慢品起来才够味。这样看着虽雅，却也与道无关。

至于经商或企业管理方面的人士，吃茶论道明明是傻蛋，哪比几杯热茶入肚，一笔生意成功实在？

崇儒的人应该知道，孔子对于"道"是罕言的。后人不知深浅，就鼓足了脸皮去解释，也鲜有成功之说。

这样看来，道，似乎是挂在空中的东西。但是，道也确实是国人常挂在嘴边的东西——抑或，是挂在墙上的最爱。我去过的茶馆里，就常看到挂着两个字：茶道！

或是更显气势的四个大字：茶道千秋！

挂在墙上的字，怎么看都有些不明就里的高深和雄霸：茶道究竟是啥东西？还千秋？

不去看，或熟识了多次，就像把当年一寤寐思之的美女娶成了几十年的老太婆，重要的还是那家馆子里的茶。

其次，"道"这个字，中国人都特别爱讲，却似乎又没有一个人能讲过两千五百年前的《道德经》。

"道可道，非常道"，还是"道，可道，非常道"？

研究《道德经》的专家学者们，对于开篇这六个字的断句，如今都还在争论！只恨那老聃李耳，在写这千古文章的时候，为何不标注标点符号？

倒是《庄子·知北游第廿二》中关于"道"的谈论有些意思：

> 东郭子问于庄子曰："所谓道，恶乎在？"庄子曰："无所不在。"东郭子曰："期而后可。"庄子曰："在蝼蚁。"曰："何其下邪？"曰："在稊稗。"曰："何其愈下邪？"曰："在瓦甓。"曰："何其愈甚邪？"曰："在屎溺。"

屎溺之物，污浊不堪，世人皆掩鼻避之。但若将它密封包裹起来，装在雕花金星小叶紫檀盒里，外镶珠玉宝石，众人必呼"宝贝"！反而是发现了和氏璧的卞和，被左一刀右一斧，砍去了双足，在楚山脚下泣玉出血："悲乎宝玉而题之以石，贞士而名之以诳。"

其实，想想也是：如果不能深知虚伪的臭恶，不辨璞石实为美玉，哪里能明白什么是真、善、美？

陆羽曾说，茶，最宜精行俭德之人。"精行"是指行事，"俭德"是就立德，所谓"精行俭德"之人，估计就是指那些追求"至道"的贤德之士，按我个人理解的通俗说法：像个人！

茶言

同一款茶，以塑料袋或白纸包住，送懂茶爱茶的好朋友即可。如果拿去卖，则要装入印了漂亮图案的纸盒。若想卖个更好价钱，便放到精雕细镂的红木箱里去——这就不是"精行俭德"，而是嘲弄世道人心了。

五口通商之后，大洋彼岸，英国人风靡红茶。喝红茶时，有时清饮，有时加奶加糖。清饮，似把它当成了法国红酒；加上奶与糖，则似咖啡的喝法。——这真是糊里糊涂地乱喝！就像中国人把路易十三或拉菲，倒入玻璃杯像喝啤酒那般痛饮。

因此，对于一个中国茶人来说，饮红茶，实际上是没有什么意味的。当年，之所以把红茶出口，不就是国人不喝吗？又譬如周作人诗云："请到寒斋吃苦茶。"若把"苦"字换了"红"，还有何味？

这样一想，茶汤里，苦是不能缺的；茶道，说白了，无非就是苦中作乐，活得像人。

茶道高深吗？看来是的。

茶风里的大梦

我们是一个有梦想的民族。

有梦想绝对是好事。马丁·路德·金在1963年8月，向公众大声说出：我有一个梦想。这个梦想，就永远载入了史册。

关于茶之梦，众茶界大德们，都希望像唐朝乐队所唱的歌曲一样"梦回唐朝"："今宵杯中映着明月，豪杰英气大千锦亮。"

但这只是一个梦，而非梦想。唐朝回不去，唐人吃茶，煎煮蒸捣，有时还加盐加姜，今人也喝不习惯。那么，我们所向往的唐风，是否可以遗存和传承呢？

二十一世纪以来，有人向往欧洲生活，有人则力挺传统。闽南厦门，虽是小城，却是个爱茶并极具包容性的城市，加上四季如春、花木葱郁的气候，因此往往有许多户内户外的茶会，有些是西式的下午茶，有些则是自诩复古的

"曲水流觞"。

西式茶会，茶往往是伯爵、阿萨姆或近几年流行的金骏眉，用绘制精美的瓷壶或架着烛火的玻璃茶器来泡，配碟盘若干，上置曲奇、松饼、提拉米苏等西点。更有完美主义的人，在茶桌上铺好纯白蕾丝花边桌巾，置芬芳馥郁的鲜花一瓶。至于音乐，更是必不可少，并以西方古典乐为雅，黑胶唱片为佳。闲谈间再冒一两句："Really?" "Yes,of course!"一个"标准"的英式下午茶梦就极其完美地"say goodbye"了。

至于那些复古的茶会，身着汉服、茶人服，或室内或室外，要有茶席、茶洗，插花、焚香，并带上罗合、涤方，竹箸、都篮，间或还有人衣带飘飘抱了乐器——必是琴或筝，方才显我汉唐古风！在喝茶之时弹奏大家频频点头的《高山流水》《平沙落雁》，品茗，哪里还需要松饼曲奇呢？

但这样你一杯我一杯，大家热热闹闹聚到一起，直到太阳落山，肚皮是会饿的！那么，收茶会餐，吃姜母鸭、烧酒摊，海蛎煎、煸豆干，美美地填饱肚皮回家。

如果这就是茶的高雅，就是回归了古风，梦想就成了一台"戏剧"。

高雅的人说，品茗是一种文化艺术修养。但文化艺术，肯定不仅仅是自我的外在装饰。同样关于修养，也绝不是"挂了佛珠就得禅，披着袈裟就是师"。挂羊头卖狗肉、披着羊皮或许是狼的事，在我们的土地上似乎也着实不少。

据《庄子·齐物论》载："方其梦也，不知其梦也。梦之中又占其梦焉，觉而后知其梦也。且有大觉而后知此其大梦也。"对于茶叶本身来说，无论在巍峨群山、广袤大地，还是现代都市的高楼广厦中，一片碧叶，总显得那么弱小无声，却成为我们生活中经年常伴的朋友，并在它卑微的生命里，承载了中国文化中"儒、道、禅"这样高大上的字眼，说到底，是我们的古人，寄品格、风骨于茶，寄情爱、哲思于茶。

静心喝茶，当然要把心放宁静。心静，无论何时何地，如何去演绎，茶都会给人一份应有的清芳。现代人为功名为利益，为"出人头地"，常折腾得身心俱疲、意兴阑珊。那么，何不每天挤出半个时辰，安然而坐，品一壶茶带给我们的那种天高和云淡？如果连这样的事都奢侈到绝迹，那不管有多大的梦想，终都是"南柯一梦"。

"食罢一觉睡，起来两碗茶。"百姓饮茶没那么多讲究，而是像生活中的柴米油盐酱醋一样。开心时，喝一杯；惆怅时，吃一盏。解渴爽神，喝茶就是生活。

冈仓天心的茶心

茶言

　　日本是一个非常善于学习、利用并发展外来文化的国家。不可否认，在谈论日本文化的时候，我们都会从中找到来自中国文化的影响，特别是中国唐宋文化的影响。

　　十六世纪以后，除了东方的汉学，他们又把目光投向西方，提出"和魂洋才"的主张。明治维新前后，对日本近代文明有过重要贡献的福泽谕吉写出《脱亚论》，认为日本应该"脱亚入欧"。而此时，另一位著名的思想家、美术家冈仓天心则提倡，"现在正是东方的精神观念深入西方的时候"，强调亚洲价值观对世界进步做出的贡献。他首创的"亚洲一体说"，使他作为国粹派理想主义者闻名于世界。

　　中国的茶人，都应该读一读他所著的《茶之书》，正如林语堂先生致力于向西方展示《吾国与吾民》。《茶之书》是冈仓先生用英文写就，1906年面市于美国纽约，致力于向西方展示东方的文化魅力，其中不可磨灭的意义在于，在西方文明的冲击下，一个东方知识分子重新发现与探索东方文化的价值——亚洲文明的"爱与和平"。

一个有意思的事是，尽管《茶之书》的法译本和德译本早已出版，二十三年后，此书的日文单行本才出现。那时，距离冈仓天心离世已有十六年。

《茶之书》介绍了从饮茶到茶道、茶的演变三个时期：煎茶、抹茶和淹（冲泡）茶。细读下去，其实分别代表了中国唐代、宋代和明代的精神，以及三个时期茶的理想，诗意的古典、升华的浪漫与纯真自然，从而显示出东方美学思想的特质。

《茶之书》里有一句话，特别令人玩味："在很长一段时间里，日本与世界隔绝。这不但有助于自省，而且还极其有利于茶道的发展。"冈仓先生认为，正是中国茶的禅与道，东渡扶桑，在十五世纪的日本，发展成了茶道。而中国文明在蒙古铁蹄的摧毁和征服下，悲惨地中断了文化运动，失去了唐宋以来对茶的文化态度和精神。对于明以后又被少数民族统治的中国来讲，文化的传承再次面目全非。茶已退为仅仅是一种可口饮料，而非理想，失去了古人永远年轻和生机勃勃的崇高信念。

冈仓天心认为，由于日本在1281年成功地抵抗了蒙古入侵，茶，成为人们生活艺术里的宗教，不但弥漫于日本贵族高雅的厅堂，也更多渗透于百姓之家。它表现在普通百姓也知道插花，走卒苦力也懂得敬仰山水。这一切，似乎和中国久远的一个朝代相似：

草满池塘水满陂，山衔落日浸寒漪。
牧童归去横牛背，短笛无腔信口吹。

宋代诗人雷震的这首小诗，充分表现出这种美的意境和特质。两个"满"加上一个"衔"和一个"浸"，把池塘、山与落日三者有机地融合起来，并拟出了人类的情感。而小牧童的"横"牛背，则是天籁一般的无邪与自在。自然的色彩、优美的画面，无论景与人，都表现出舒快自然、恬静自在的美好。

冈仓天心是著名的美术家和思想家，他把茶这种微小的植物，提高到了艺术品的高度。但这件艺术品，不是高不可及的。因为他深知，在人间，有质量好的茶和质量差的茶，而与我们普通大众相遇的，往往是后者。那么，关键就在于，我们用什么样的心，来对待这一款茶。

所有的生活方式，在无意识中会暴露我们最为隐秘的思想。行为和行为导致的结果，其实就是我们内心所希望和追逐的东西，无论结果的成败。

冈仓天心追求的是茶的内在之美，在现实荒漠中存有精神绿洲，他提出"只有和美一起生活的人才能死得美丽"。

但是，现代人类的天空，实是毁于为财富和权力而进行的争斗。

2006年，在一家如今已不存在的小书店，我淘到了由张唤民翻译的2003年中文版《茶之书》：《说茶》。彼时，距冈仓天心《茶之书》问世，已整整一百年。

茶言

人生看得几清明

　　春来人懒，喝茶，翻书。拿手机在百度上查书中词条，才发现愚人节到了。

　　愚人节是舶来品，但似乎我们对这个节日也不亦乐乎起来。手机里众群信息，大多是各种愚人段子，少有幽默。

　　愚人和蠢人，有时候常常让人难以分辨。用眼睛看，近几十年来，每个头颅上分明都长着一张聪明脸。闭上双目，则感觉愚人甚少，多是聪明面孔下一颗蠢蠢的心。

　　愚人节后，马上就是清明。《孝经纬》上说："万物至此，皆洁齐清明。"清明原为二十四节气之一，后与"寒食"合并。作为节日，自古有多种风俗与纪念活动，譬如祭祖和扫墓。

　　如今，对栖身客乡的众多百姓来说，回故里扫墓祭祖变成难事。同时，新世纪的新生青年，许多人不知祖籍故土的模样俨然也是事实。那么小长假到来，可以"借问酒家何处有"吗？

在厦门开客栈的朋友们脸上多含着微笑，说："要忙碌几天了。"

不用借问任何人，打开电脑、手机，都可寻找到自己满意的去处。只是实际上出了门，和所有的节日都一样，在厦门、鼓浪屿、曾厝垵，花木簇拥着拎包拖箱的旅客。若是想离开鹭岛出去放松一下，往往一上海沧大桥，就一个"堵"字当头。食价、房价皆高，拥堵、嘈杂、闹心，一下子将美妙的幻想击碎，没有了"行人欲断魂"，也没有了"遥指杏花村"。

凡逢节假日，我一般都在家赖床。起来无事，则先来一壶茶，再去架上取一册有趣的书，坐木椅上，听窗外飞鸟相鸣，看斜阳院落。伸懒腰，打哈欠，书随翻随停，茶遂饮遂心，一天就在闲静中度过了。

中国曾经是安详宁静的国度，可以"霁丽床前影，飘萧帘外竹"，可以"醒来山高月，孤枕琴书里"，可以"拂石安茶器，移床选树阴"。徒步行路，随遇而安。可以抬头望月，可以俯身听泉。客来一杯茗，无人自饮之。

苏轼贬谪于黄州，"得废圃于东坡之胁，筑而垣之，作堂焉，号其正曰'雪堂'。"因堂位于东坡下，从此自号东坡。三年之后，苏轼作《寒食帖》云："小屋如渔舟，蒙蒙水云里。空庖煮寒菜，破灶烧湿苇。"就是这样的情况下，烹美食自怡，煮香茗忘忧，伴着朝云暮雨，就算一肚子不合时宜，归去，倒真是"也无风雨也无晴"了。

如今这景致，甚少出现，这样随性、散淡、落拓的人，也愈来愈少。

小假期匆匆。有友约户外农家乐，吃土菜品粗茶，后来皆担心拥堵，没有成行。

最后一天，老友约闲聚品茗。落座茶社，背包里取出包装精美的茶，一看是绒盒典藏的水仙。有专家品审封鉴，显出尊贵与高级。武夷水仙，是现代闽北乌龙茶中两个最主产的品种之一，按照武夷山茶业界的话说，是"香不过肉桂，醇不过水仙"。好的水仙滋味稠厚、醇滑，注重内质。

水沸，淋杯烫碗。细心取出茶来品泡，看着精美包装，略微失望。茶种特质不显，走水做青不佳，汤入口微涩，薄淡，观叶底，则无润泽之光。于是和朋友谈起过去，他送来的一包塑料袋装水仙，倒是醇、甘、鲜、滑，韵味幽远。

由此可见，人世间有许多事不能被环境、外观所迷惑；人世间亦有太多的事与钱无关。"惆怅东栏一株雪，人生看得几清明"，真正趣味盎然的不过是那一段过程。

茶言

等待一枝花

茶，对中国人来说，究竟意味着什么呢？

宁静、禅寂、和正、诗性，都指向一种生命的存在方式。

茶之初为药，后为食，加的料有姜有枣有橘皮，有椒有盐有青葱，不一而足。我以为似同于现在的"擂茶"，但不知是否就是南北朝时期所记的"茗粥"？

继陆羽之后，茶渐为清饮，并且慢慢进入了一个诗意的国度。

住在桃花坞里的唐伯虎说："柴米油盐酱醋茶，般般都在别人家。岁末清闲无一事，竹堂寺里看梅花。"其实，他自己也还是需要种桃花换酒钱的。

在中国古代，"柴米油盐酱醋茶"，是老百姓每天为生活而奔忙的七件事。随着社会的进步，人们的生活水平不断提高，开门七件事也自然发生了变化。樵夫砍柴和风雪里的卖炭翁，在今天的人们的视野中已经消失，米和油盐酱醋，依然是日常饮食的重要组成部分。唯有茶，发展成一枝独秀的中国茶文化而闻名于世。

除了普通老百姓，儒释道三家都爱茶。著名的茶和尚，有皎然、贯休、护国等。饮茶畅然，发幽思而赋诗，所谓"茗爱传花饮，诗看卷素裁"，正是如此。

去过武夷山的人，如果喝茶，多少都知道白玉蟾。"绿云入口生香风，满口兰芷香无穷。两腋飕飕毛窍通，洗尽枯肠万事空。"一看就饱含着道家的仙风道骨。若要淡定地入山访仙，现代都市人可不能只是坐而论道。一会儿想着升官发财搂美人，一会儿想着宝马雕车香满路，还满口道来道去地说典讲经，真煞风景。

自科举取士以来，中国读书人似都被冠上"儒"之头衔，"儒"字一直沿用至今。作为老百姓，对于儒学的精深自然不是很懂，要依仗国学大师们循循善诱地讲解。喝着香茗闲翻古茶诗，我确实发现，咏茶者大部分都是儒家，而且还体味出其中的一些精神。

唐代诗人于鹄有诗云："几年为郡守，家似布衣贫。沽酒迎幽客，无金与近臣。捣茶书院静，讲易药堂春。归阙功成后，随车有野人。"这其中正体现了茶文化中固有的儒家思想特质。

在春雨绵绵里吃茶读诗，别有味道。

一朋友与我喝茶时，说人要有志、正、豪三气和淡、静、高三雅。

我思之，为人如此，确实有道理。但我等碌碌俗人，整日为都市生活里高昂的衣食住行忙碌，慕之易，行则实难。观壶中一水佳茗，倒常有这三气和三雅。"最怜煮茗相留处，疏竹当轩一榻风"，是清淡幽远；"今宵更有湘江月，照出霏霏满碗花"，是静美疏朗；"语合茶忘味，吟敲卷有棱"，则是风高雅正。

"洁性不可污"，写出了志操正洁的韦应物；"笑挂瓢风树"，则让人看到了虎啸风生的辛稼轩。"不羡黄金罍，不羡白玉杯；不羡朝入省，不羡暮入台；千羡万羡西江水，曾向竟陵城下来"，又表现了多么潇洒豪迈的陆羽！

历代儒家诗人咏茶，似以陆游为最，他的诗作达397首；最有名的，则是卢仝的《七碗茶歌》；最有意境的，我以为非"寒夜来客茶当酒，竹炉汤沸火初红"莫属。

茶叶碧绿娇柔，采摘之后，经不同方式制作成绿茶、白茶、红茶、黄茶、黑茶和乌龙（为使名称统一、好听，又有人力称青茶）。

无论山村原野，还是庙堂华厦，茶都从容得很，宠辱不惊，去留无意。粗盏土碗也好，玉觥金杯也罢，只待那爱它的人，在有缘时亲密接触，必是知己般相视一笑的回报。

茶的另一种特质，是静美中的忍耐与坚持。

翠嫩的茗芽，出深山被雨露，经烈焰高温的烘炒蒸摇，反而美妙如佳人，温良似君子，宽厚若长者。盛入壶杯，沸水冲泡之后，无论甘甜鲜爽，还是醇厚清苦，都不是酒的烈辣与激荡，而是一种历经了沧桑风雨后的和静温柔，试图让每一位饮者，在看似漫长无尽的平淡一生里，理解爱的真谛，包容一切因不完美所带给我们的遗憾。

鹭岛近日，阴雨连绵，似把人的骨头也浸得湿软了。如此天气，虽非寒夜，并且难再有炭红沸炉的雅趣，但客来品茗听雨，也是美事。即便是一人独斟，静待一枝春花绽，亦足矣。

茶言

伟大而温暖的植物

在佛陀和基督出现之前，就有了茶。

自神农传说始，关于茶的记载，都是美好的。西汉扬雄《蜀都赋》赞之："百华投春，隆隐芬芳，蔓茗荧郁，翠紫青黄。"两晋时期，江南一带，"做席竟下饮"，文人士大夫间流行饮茶。至唐，则"茶为食物，无异米盐，于人所资，远近同俗，既祛竭乏，难舍斯须，田闾之间，嗜好尤甚"。

中国古人对大自然有一种特别的情感。春花秋月、凉风瑞雪，一年四季的歌咏自古不断。无论"桂楫闲迎客，茶瓯对说诗"，还是"对雨思君子，尝茶近幽竹"，我们知道，相比于酒和咖啡，茶实在是一种清淡的饮料。

就像君子之交淡如水，它随时可来，亦随时可去。当然它不是水，它流动在你的口舌之间，微苦，微甘，似春光，如秋雨，它有能力，像最知心的朋友一样，陪伴你品味那些在你的时光深处永远不会消失的东西，给你一份沉静的慰藉和美好。

美好的事物不见得伟大。伟大对于芸芸众生而言，感觉实在很高，很远。有时候，也没有什么实质用处。比如，万里长城虽然被孟姜女哭倒了一回，如今依旧横亘在北方。但它防不住匈奴，也防不了清军入关和日军入侵。

伟大看似高远并很难，一不小心，也常让人误以为很容易就可以戴上这顶桂冠。最突出的例子，是在深具智慧和理性的德国，希特勒也曾经被称为"伟大"。不但是当时的德国，在当时的世界，也有很多国家的很多名人认为他伟大。

其实，是否"伟大"是很好检验的，那就是时光。时光这杆秤，公平、公正，可以使真正的伟大者，永远闪耀在星辰之中。而一时爬到山巅的荣耀者，也许在多年之后，会被万人唾弃。

不论是以当时，还是经过漫长的时光隧道，以此来考量茶，都堪称伟大。

历史上，茶与丝绸、瓷器一样，是中国文化的符号。但名贵的丝绸、瓷器一出现，就被朱门豪贵拥有，普通老百姓只有布衣麻葛、粗陶瓦碗。

茶却与丝绸和瓷器不同。它历尽凄风苦雨，沐浴阳光雨露，一旦被孕育出来，可登华堂高庙，宠辱不惊，亦能在乡野农舍，去留随意。茶，既是琴棋书画的密友，也安于柴米油盐之后。贩夫走卒、耕读渔樵，对每一个生命，茶都同样回馈出自己应有的甘苦清纯。它从不担心自己会失去什么，处庙堂而"不惧"，在陋室而"不忧"，临江湖而"不惑"，以开朗豁达的心，去迎接一切而舍弃自己。这不但是伟大，还蕴含着悲悯与温暖。

茶从来都不是贺客。不论金榜题名，还是洞房花烛，金樽里装的是令人陶醉的美酒琼浆。茶也从来没有助人建功荣华的功效。它本是布衣风骨，从有记载的文字开始，一直谦卑地存在于山野之间。一方面，它的确是中国人物质生活中日日不离的大众消费品；另一方面，它也是中国人精神上的良伴，它以其特有的滋味，启迪不同的人感悟人生。

我爱吃茶，由此也经常出行访茶。无论走到哪一种茶的故园，陇间村舍，或山中茅屋，再"土"的乡民村夫，也会绽放出淳朴的笑容，展示出以茶待客的礼仪和热情。他们有的对茶了解细致入微，有的则只道是自家的"土茶"或"野茶"。但无一例外的是，他们皆把茶当成客来相敬的礼物。

斜阳里，细雨中，被招呼着在瓦檐农舍随意一坐，遥看茶山茶园，待水沸壶响，冲茶，杯子里升起一团暖雾，散入渺渺云天。此时吃茶，主客皆欢。即便是杯粗器简，就是不懂乡音方言，也在一碗嘉叶中找到共同的宁静和快乐。

近年来，闽地的茶文化慢慢产生了变化，我估计，其他地方，也应该同样随着时代发展而悄然变化着茶文化的表象。虽然饮茶与交流的方式依然传统，但都市茶楼茶馆越来越"高级"，这是不争的事实。喝茶，似乎成了一件"有品

位"的事。在"品位"之风盛行下，人们或许会淡忘，或者有意忽视一个不变的事实：无论纸袋、锡罐，还是陶瓷、锦盒，只要是同一款茶，它的滋味与品质，永远一致。

古有"丝绸之路"闻名，亦有"茶叶之路"远传。茶叶之路既有茶马古道，也有航海之舟。通过陆路传播的茶，在西方发音为"Cha"；通过海路传播的茶，发音则以"Tea"（闽南语音系）为主。十九世纪后，我国的茶叶几乎遍及全球。中国茶，也远超丝绸，成为世界性的语言。

然而，茶依然是山野间一株淡然自若的植物。日光中，茶的叶片如翠玉闪烁；月夜里，茶的枝蔓似佳人轻舞。在生活中，它始终在我们的精神世界扮演着重要角色，似纶巾，像羽扇，亦是国画的青烟，孔子的哲学、老子的道，还有那拈花一笑。

陆羽曾说，茶之为饮，最宜精行俭德之人。精行俭德，是茶的本质；一视同仁，是茶的博爱。所以，真的伟大，必同时有温暖、慈悲的情怀。

尘心洗尽兴难尽，一树蝉声片影斜。高洁而谦卑的茶，在漫长的岁月里，给了自诩万类灵长的人类一个答案。相比于人类，茶，完全当得起"慈爱伟大"这一称号。

山是山水是水　今得休歇家　丁酉春永峰

茶颜

茶——密友与佳人

初夏，天蓝。太阳开始显露它的热情。浓荫下和水边的凉亭中，有人支起茶桌子泡茶。消暑的方式，固然有冰饮，如可乐汽水和橙汁饮料。但对大多数中国人来说，茶，从来都是解暑醒神的首选。

上有草，下有木，人在中间，自得天地精华，这是"茶"给我们的启迪。喝茶，也就让我们多了一份亲近自然的向往。

现代都市生活匆忙，年轻的朋友感觉泡茶麻烦，常常手持一杯冰饮或咖啡，边走边喝，或找个地方一坐，一手拿着饮料，一手持着手机。稍微想一想，会发现茶与冰饮相比，虽然没那么快捷方便，但确实要多了一份清逸和悠然的感觉。

林语堂先生说："烟、酒、茶的适当享受，只能在空闲、友谊和乐于招待之中发展出来。因为只有富于交友心、择友极慎、天然喜爱现实生活的人士，方能圆满享受烟、酒、茶的机会。"

吸烟，如今会有禁烟人士反对，也会让反感烟味的女士不喜。饮酒，一旦过量，除了有损身体和神经细胞，也有可能闹出事情来。

但喝茶从来没有这方面的担忧和犹豫。茶桌前，必是一群相合的朋友，自在随意地围拢着，听炉上水沸，看或绿色或褐色的茶叶，入壶、入碗、入杯，在一缕沸腾的白波中，冲泡出香、色、味。不论是清新如春的绿茶，还是醇厚骨鲠的乌龙，抑或温软甘甜的红茶，又或者时光深处的老普洱，此时，它们均可以平复都市里每一颗躁动的心。

现代都市快速发展，工作与生活的节奏越来越快，生活在城市中的人，两条腿也似乎绑上了飞轮，连回家吃饭都成了极为奢侈的事！但其实，我们会发现钱似乎永远挣不够。如此，劝诸君莫若抽出一小时来，无论晨昏夜晚，泡一壶清甘的香茗，思昔日少年快乐时光，念父母苍老的身体，就会蓦然发现，我们所向往的生活，其实是那么简单。

不论是文人雅士眼中的"琴棋书画诗酒茶"，还是普通老百姓口里的"柴米油盐酱醋茶"，茶之道，和而静怡。匆忙，本不是茶的特质；匆忙，也非人生的意义。

我年轻时血气方刚，常与朋友痛饮美酒至通宵达旦。厦门大学芙蓉湖畔，胡里山炮台海边，浮屿旧巷与大同老街，莲花别墅和嘉禾路边……鹭岛，曾多处留下我醉倒的身影。

我除了头疼呕吐和惭愧丢人，从没有留下"李白一斗诗百篇，张旭三杯草圣传"的美谈。

后来，我因身体原因忌酒。茶，慢慢与我深交至"不可一日无此君"之境。如今闭合双目，茗汤入口，龙井与毛尖，观音与佛手，水仙与肉桂，凤凰单枞与高山乌龙，又或者普洱中大名远扬的老班章、新宠花旦冰岛等，皆可准确判断。其实，按照古时卖油翁的说法："无它，唯熟尔。"

想当年我工作之时，为功名忙为利禄忙，忙里无闲；劳心苦劳力苦，苦中少乐。一大缸茶往我口中冲下去，解渴解乏而已。辞职之后，我有一段时间情绪低落，除了常逛旧书店和旧货市场，便是和茶结下良缘。

茶确实不是锦上添花的贺客，它只是在你失意之时，悄悄打开你的心扉，像最知心的朋友一样，在无言而温暖的陪伴中，让你可到凉亭坐坐，也漫将笑话谈谈，让你想起那些生命里最该去珍惜的东西。

"若能杯水如名淡，应信村茶比酒香。"

有好茶独饮，自有其韵，呼朋唤友共享，更显其乐。无论名瓷美壶，还是简杯陋盏，有芳茗共品，谈什么都是美事。

看那绿茶冲泡，翠碧氤氲，飘逸的芳香，清亮鲜绿的芽叶，仿若青春花季的少女；如是乌龙入壶，则汤如琥珀光亮，入口纯醇爽滑，更是佳茗如佳人的贴切之喻。

红茶如红酒，有贵妇人之范；普洱则大气淡然，似腹有诗书又历经烟云的优雅人士。

就个人而言，我不太喜欢饮红茶。它没有一点苦味，实在是太甜太腻了点。而花茶香片类，我一般不去碰，外加的香，如涂了厚脂香粉的女人，香是很香，却失去了佳人本真的气息。

茶里乾坤大，壶中日月长。这等晴好天，想山野间茶旗飘飘，茶舍里茶炉初沸，何不马上去与这密友佳人相会？

恰如灯下，
归来对影

茶颜

　　2009年元旦，晨钟敲响后的那天晚上，我坐在窗前一边品着朋友送来的铁观音，一边读《追忆逝水年华》。品茗读书早就成了我生活的常态。

　　放下书时，已是深夜，眼前的茶，依然是被水浸润过的酽酽醇茶，茶叶色如乌炭，朋友后来说："这是老茶，我给它起了个名字——密码1989。"

　　1989——在人类社会史上无疑是重要的一年。

　　1989——在我的个人印迹中，理想，热血，青春，逝水年华，一串串美丽而刻骨铭心的记忆在黑夜中如飘飞的发黄纸片，伴着氤氲茶水如风般落在我的窗前。我知道二十年中会有许多的记忆可能永远没被唤醒，而唤醒的记忆或许并不重要，却总因新的感知而有另外的喜悦。

　　"密码1989"，给了我穿越时光的飞梭，流畅无比地让我眼中浮现出二十年前那个冬季：厦门大学芙蓉二宿舍，在喝了我带来的碧螺春后，我那睡在下铺的兄弟取出"烹茶四宝"：潮汕炉、玉书碨、孟臣罐、若琛杯，皆玲珑小巧精美，以特有的宁静仪式——十八道茶艺程序，为我泡出一小杯琥珀色的微微轻荡着如绸如丝如烟如雾的茶。我迫不及待一口吞下去，苦涩啊——我不禁皱了皱眉。"你是喝绿茶喝惯了，不懂品。"同学笑笑，缓缓说道，并给我点上第二泡茶。

入口的感觉依然还是苦，然而，静心等那润热的苦茶入腹之后，一股弥久的甘醇从腹、从心，如嫩芽初发，勃勃向上，一路上涌润起来，以至满口香馥，心中如细雨打窗，有琴声缓如炊烟升起……瞬间，我就想起《随园诗话》里袁枚的贴切叙说。我忙问茶名，同学又是笑笑，说："铁观音。"

——我没有想到，喝惯了绿茶的我，会如此迅猛地热爱上这种名叫铁观音的乌龙茶。与龙井和碧螺春不同，它有一种爱的力量，浓郁而恒久，温柔而广阔，如寒日里温暖的阳光，似夏夜中如水的月光……它让我明白，爱的伟大与重要，我再一次发现，我们人类的内心，其实如少儿赤子，总是敞开的，既喜爱阳光照耀、花香沁入，也愿意经历风雨霜雪的降临。

1999年初，在我的唇齿间被铁观音的韵气与馥醇留香十年后，我心中常常涌起的一点灯芯变成了火焰：我决定写一部茶文化的小说。《铁观音》——就以这种如君子如兰草如仙风道骨的名茶来命名吧。为此，我从容而自由地安排自己的身心，去了距离厦门一个多小时车程的安溪。那时，我已经知道，铁观音是中国最负盛名的一种茶，也知道"观音赐茶""乾隆赐名"的美丽传说，并深切地感受到铁观音这神奇香茗所蕴含的"纯、雅、礼、和"精神。

掐指一算，从我第一次进入铁观音的王国——安溪，距今又是十年光阴逝去。

多年来，许多朋友知我爱茶惜茶品茶，常请我去喝茶。在品茗之后，对我越来越多的提问是："这茶，你估计值多少钱？"

其实，品茶就是品心。品制者心、品他人心、品自己的心，品一品那株灵草的心，品一品我们除了用"黄金钵"去衡量一切后，心中还有没有爱。曾经，有1斤铁观音拍出8万元的高价；曾经，有100克铁观音拍到11万元的天价；曾经，也有千金不换的茶——密码1989！

1989年，安溪全县铁观音毛茶收购量仅456吨，物以稀为贵，横跨二十年岁月的老茶，必是少而弥珍的。

中国古人称喝茶为吃、饮、用、品。那种对茶的谦卑和珍惜，通俗来说，是寄品格禀赋于茶，寄哲思与情爱于茶，是对生命本体和大自然的认识与热爱，同时也是对生命永恒的追求和对现实生活的达观。

密码1989，是记忆的珍藏，也是爱的珍藏。

在中国历史上，乾隆是钱多又颇会玩的皇帝，玩得多，又爱附庸风雅，于是他的诗也写得多，多到俗而滥。13亿国人中没几人能完整诵出他的一首诗。但有两句他写茶的诗我还记得："何必凤团夸御茗，聊因雀舌润心莲。"——这倒颇有禅心。老年时，这附庸风雅的白胡子老头大搞"千叟宴"，当然是展示"太平盛世"的面子工程之一。可让我觉得这老头儿可爱的地方是：燕鲍翅、琼浆玉液、金盏银盘通通上来，是千叟们人人有份的，尽可以胡吃海喝。唯有赐茶，只王公专享一碗，别人只能干瞪眼！史书记载清之宫廷："上自朝廷宴享，下至接见宾客，皆先之以茶，品在酒醴之上。"

此时，不问这茶是否为极品，仅这心中有香茗的高贵气，也是真的极品了！

如今，"奢侈"似乎越来越等同于"高贵"，当越来越多的人不知疲倦地追求那些"奢侈"的符号以显"高贵"时，我们所追求的极品也就把我们物化成了一个符号。我们把心丢了，还会有爱吗？没有爱，还会有真正的极品？

密码1989，是我二十年前喝过的茶，如今似是故人来——茶圣说，茶之为用，最宜精行俭德之人。虽然经过二十年岁月的洗礼，密码1989依然是本性唯芳洁，非花也自馨。

我一直认为，中国茶对中国人而言，就像法国红酒对法国人一样，在平静中一品人生，从舌到心，细细感悟那一株嫩芽里的勃勃生机，那是山涧清泉浸润后的从容与永恒，也是朝阳雨露滋养下的心旷神怡。在不朽的茶香中，遐思永远是突然来临的，如久违的音乐，如美好的青春，让白首红颜欣然开怀并出现如泣的喜悦。

密码1989，在经过二十年的岁月和记忆典藏之后，已谦谦如君子，恬淡如智者，空灵如天马，庄重如古寺，不卑不亢，不骄不躁。它是历史的见证，也是人类二十年悲欢的结晶。轻啜一口密码1989，能抚平我们的心路，让人追忆逝水年华，让心超越红尘俗世，一切宁静而澄明。

老茶客们都知道，好茶是可遇不可求的，面对这样一泡老茶，"恰如灯下故人，万里归来对影"。这是极为珍贵的情感，小而言之，横跨二十年的一泡茶，浓缩了每一个爱茶人的身影与情怀；大而言之，横跨二十年的一泡茶，见证了一个产茶地区二十年的发展历程，见证一个国家二十年来的发展历程。

从更远处看，当我们正心细品这样一泡老茶时，恰似面对着一位诤友，足足让我们低下自诩为万类灵长的头颅：我们的精神是平等的，就像你我终将经过坟墓，平等地站在上帝面前！这是茶的从容淡定，是茶的历练智慧，是茶的密码，也是茶的大爱。

有茗香　夏烨

大红袍及其他

　　中国历史悠久，悠久历史中所产生的文化，直至今天，时不时在骨子里仍表现出对红色与黄色的极度迷恋。

　　紫禁城红墙金顶，昭示着"普天之下，莫非王土；率土之滨，莫非王臣"。除了供着佛祖的寺庙能与之一比，平常草民，只可用青砖黑瓦、白墙褐檐。黄袍加身，赵匡胤就成了皇帝；红袍披起，不是状元就是新郎。红与黄两种自然界中的色彩，赋予我们内心深处的心理符号是：权力和金钱，威严和高贵的地位。

　　有朋友会说："不对啊！黄色代表色情！"呵呵，那么在极其方便的网络时代，你动动手指一搜索就知道：现代社会，用"黄色"指称情色意味的东西，起源于十九世纪的西方。至于皇宫中身穿黄袍的"天子"们是否色情淫乱，色情淫乱又是否和身穿黄袍有关，有兴趣的朋友可以去研究研究，并发表"独树一帜"的论文。

草木中的茶叶，大多有美丽或大气的名称：碧螺春、白牡丹、玉麒麟、一枝春等。最名动天下的，无过于大红袍。

大红袍，属乌龙茶，产自福建武夷山，为中国特种名茶。据传，明洪武十八年，举人丁显上京赴考，过武夷而腹痛难忍，遇永乐禅寺和尚，取所藏茶叶泡给他喝，病痛即止。丁显考中状元后，返归答谢和尚，问及茶叶出处，得知后，即脱下状元红袍，披于茶树上，故得"大红袍"之名。后来，又传此茶如"灵丹妙药"，治好了马皇后的病，皇帝便再钦赐红袍披树，以示龙恩浩荡。从此，大红袍成为贡茶，并且就此名扬天下。

每读这一段传说，我都有别样的感觉。其一，大红袍治愈了状元的病，大红袍还治愈了皇后的病。大红袍似药不似茶，专治皇亲国戚病。其二，红袍，这一款开始籍籍无名的茶或药，若是运气不好，仅是治好了贩夫走卒的病，该会有怎样的命运？其三，就是一种茶，一旦和皇上、状元们有联系了，一定会"声名鹊起"，和草民白丁有关，则有可能非但不好喝，而且是品质低劣了。

这个"逻辑学"，在我们悠久的文化中，到了今天，也可以完美成立为"真理"。我一朋友，喜收藏，一日，拿数幅书法让我观赏点评。我答："行楷笔笔皆侧锋，章法布局随意，一般。"友瞪大了眼道："你到底懂不懂？很贵的！省部级官员都收藏他的字！"

一个贵，一个省部级，让我马上沉默。

当然，大红袍自然是高级品质的茶叶，如同岩茶中三坑两涧的其他名茶。但如果加上"皇上、状元、红袍"等词语，那就不只是"品质高"这个词就可以表达的茶叶了。

岩茶历史悠久。大红袍，传说明末清初即有其名。蒋叔南在1921年的游记中，提到大红袍在武夷山，有数处可见：九龙窠一处（即有摩崖石刻"大红袍"三个字的地方，传系1927年天心寺僧刻），天游岩一处，珠濂洞一处。但游记的记载，没有交代清楚这三处大红袍更为具体的地点，是否是同一种或同名不同种，茶树特征是否一样以及品质如何这些问题。

二十世纪四十年代开始，逐渐被世人公认的大红袍，仅为天心岩九龙窠岩壁上那三株。三株茶树！对茶农、茶商和老茶客们来说，就意味着：即使雨露光雾等自然条件最好的一年，产量也不过几百克。如今，九龙窠石壁上，有茶树三棵。专家们按顺序编号，从"大红袍"石刻旁上层第一棵算起，四棵编为1号、2号、3号、4号，称正本；中层一棵为5号，底层一棵为6号。5号和6号，被称为副本。至于为何有正、副之称，得去请教专家。我所想的是，这么说来，正宗的大红袍，就是世界上产量最少的单一品种茶了。少则珍，据称，曾经拍卖过20克大红袍，价格为15.68万元。数字能表现出非常精确的概念：1克大红袍要7840元人民币。可以确定的事是，2007年10月10日，最后一次采摘福建武夷山九龙窠大红袍茶叶20克，正式由武夷山市人民政府赠给中国国家博物馆珍藏。从此，大家都只能仰望而不可品。

我去过三次九龙窠，每次看到的景致都一样：那几株茶树孤独地、被钢铁栏杆围锁在高岩壁上。

和福建省许多无性系茶树品种一样，大红袍也是无性繁育的，无性栽培，就不会存在代数。虽然民间依然有二代、三代大红袍的说法。经过科研人员和茶人十多年的努力试制，现在，已经成功研制出经由母树中有某一品系单独扦插繁育栽培后，单独采制加工而成的大红袍。这种大红袍，被称为纯种大红袍。

另外，就是拼配大红袍，统称为"商品大红袍"。

如今，喝惯了岩茶的老茶客都知道，我们所品饮的"大红袍"，大多是茶界所说的"拼配茶"。拼配茶又叫调配茶，多用于红茶的制作工艺，乌龙茶品名中，也有不少会去拼配。据说普洱也有，如果压成了饼，不懂的人就得小心。拼配茶产生的原因主要有两种，一是为降低成本，二是为使茶叶保持一种独特的风味和稳定的品质，将几种不同茶叶按一定比例混合烘焙而成。鲁迅先生有句名言："我向来是不惮以最大的恶意来揣测中国人的。"因而，有许多黑心商人也运用拼配工艺，在茶叶中混入变质茶、过期茶、废茶、杂草杂叶，加之以精装，冠之以美名，摇身一变，来坑害消费者。这，实是损害了"拼配"的美名。

拼配并非等于低档。有时候，为了避免单一品种口味的单薄，或者弥补品种缺陷，使茶叶的口感滋味达到饱满、醇厚，高档茶叶也需要适当拼配。每年在福建各地举办的"茶王赛"上，大红袍类比赛所获奖茶王，也大都是拼配出来的。

不论高贵美丽的传说，还是辛苦研发培育后的大面积繁殖，就算是拼配茶，只要有红袍的品质，茶是不会欺人的。茗生岩，涧流香，四两寸叶，半壁江山——世间还有哪种茶，能有大红袍这样的珍贵和气度？

茶颜

岩骨与柔媚

　　每年五月中，繁忙的武夷山茶区气候就会表现出两种特质：早晚的娇媚温婉和正午的烈日炎炎。这很自然让我联想到武夷茶区的两类名茶：岩茶和红茶。

　　千载儒释道，万古山水茶。武夷山，不但有列入自然遗产的碧水丹山，也是儒释道三教融合的文化名山。"大红袍祖庭"是永乐寺的禅茶；"茶烟袅细香"，是朱熹的文公茶；大王峰下止止庵茶，则有白玉蟾"高卧云堂留梦醒，笑骑白鹤归蓬莱"的境界。这一方面展示了武夷山巨大的兼容性和厚重的生命蕴含，另一方面，三教饮茶论道，感悟人生，则把各自的教派宗旨融进了茶道的精神，为武夷茶文化的发展注入了生命的甘泉，打开了精神的窗口。由此可见，不论是儒家的以茶养心，道家的以茶养身，还是释家的以茶养性，都与武夷茶"蕴和寓静"的禀性相通。

　　武夷岩茶，是历史悠久的传统名茶。唐朝孙樵在《送茶与焦刑部书》中，赋予它"晚甘侯"的美称。古称建茶，又名北苑茶。建茶出建安，即今之建瓯的建溪两岸的凤凰山麓。南唐之后，为宋代贡茶的主要产地。当时名茶有龙团胜雪、北苑先春、玉华、雪英、石乳、龙凤等。宋朝代宗年间有官焙，专制龙凤饼茶，当年名动一时，有"建安三千里，京师三月尝新茶"之说。据苏东坡《叶嘉传》称，武夷茶移植建瓯后，才有"北苑御茶"之盛。因当时崇安没有建县，茶以建州建安为命名，饮具则以建窑兔毫盏为上。究其原因，和"斗茶""分茶"的鉴赏游戏有关，和一比高下、争金夺利的斗茶无关。"矮纸斜行闲作草，晴窗细乳戏分茶"，当时的人们的确是把喝茶当成一种美好的艺术享受。

宋代文人大家给了武夷茶极高的赞誉，苏东坡称之："武夷溪边粟粒芽，前丁后蔡相宠加。"范仲淹赞之："长安酒价减千万，成都药市无光辉。"陆游则更是说："建溪官茶天下绝。"

明太祖朱元璋对茶叶做了两件大事。其一是废团茶罢贡茶，另一件事则轰动天下：下令杀掉走私茶叶的一个女婿。宋代到明初，一直实行"茶禁"，"铢两不得出关"。犯了天条国律，就是驸马女婿也不例外，照样"咔"的一刀，杀头。因为废贡，武夷茶和建盏逐渐由盛转衰。

好茶出自深山，武夷山茶区位于北纬27度至28度之间，丹霞地貌，峰峦叠嶂，区内岩石多呈红色碎屑沉积。经长期自然风化，加上降水充沛，光温适宜，恰如陆羽《茶经》所说的"上者生烂石，中者生砾壤"。武夷茶区多悬崖绝壁，清朝顺治时期后，岩茶复苏，茶农利用岩凹、石隙、石缝，沿边砌筑石岸种茶，有"盆栽式"茶园之称。岩茶区内，有三十六峰九十九岩，形成了"岩岩有茶，非岩不茶"之说，岩茶因此得名。

根据生长条件不同，岩茶可分为正岩、半岩和洲茶。正岩品质最为著名，产于高海拔的慧苑坑、牛栏坑、大坑口和流香涧、悟源涧等地，俗称"三坑两涧"，香高味醇，为正岩极品；半岩茶又称小岩茶，产于三大坑以下的青狮岩、碧石岩、马头岩、狮子口及九曲溪一带；崇溪、黄柏溪，武夷岩两岸的砂土茶园中所产的茶叶，则是洲茶。

提到岩茶，必讲"岩韵"。岩韵，是岩茶审评中的专业术语，可以说它是名词，也是个形容词。因而在许多人眼里，岩韵有不同的解读。清帝乾隆有诗："就中武夷品最佳，气味清和兼骨鲠。"我以为，这"骨鲠"二字，倒是"岩韵"的绝佳注解。岩茶有岩骨花香——从茶与自然的关系看，丹霞地貌，三坑两涧，茶枞生烂石，老枞胜新枞，表现出武夷岩茶非岩不韵的特点；从茶与人的关系来看，这则是一种精神品质，铁骨铮铮兼具幽谷兰风，岩茶的不卑不亢，大美不言，蕴含了中国文化特有的精神与本质。对于这一点，清人梁章钜品岩茶"活甘清香"的感悟，似乎就少了些岩味，也减了些"岩骨花香"。清朝嘉庆年间，武夷岩茶被中国台湾地区引种，植于鲦鱼坑，即今台北地区的瑞芳。

可以说，台湾地区的乌龙茶（台湾地区称青茶）的原产地皆在福建。

岩茶有十大名枞，大红袍为其翘楚，其他名枞有铁罗汉、白鸡冠、水金龟等。现代主栽名品是大红袍、武夷肉桂和水仙。

小种红茶，是福建的特产。有正山小种和外山小种之分。正山小种产于武夷山桐木关，以星村为集散地，故又有"星村小种"之称。外山小种是指政和、坦洋等地的"人工小种"。如今红茶风靡，也有人将低端红碎茶熏制成小种工夫，则是"烟小种""假小种"。先有小种红茶，接着发明了工夫红茶。工夫红茶品类多、产地广，按地区命名，较著名的有祁红、滇红、宁红、英红和闽红（包括坦洋、政和、白琳工夫）。武夷山正山小种，则是中国红茶的滥觞，也是世界红茶的发祥地。

由于红茶是全发酵茶，它的出现比绿茶、乌龙茶要晚。一个有意思的情况是，目前，中国红茶产量仅次于绿茶，在内销市场始终低迷的情况下，外销量却常年位居第一。小种红茶的最大特色，是揉捻后使鲜叶发酵变质，茶的叶片由绿转红，除去茶的苦涩而转为润甜。清道光年间，红茶因战乱而使茶青受闷压，全发酵烘焙制成。当时国人视为废茶，弃之可惜，标上"小种红茶"的签子，托洋行贩售国外。不料经过发酵的红茶没有了茶的苦涩味，还醇厚甘甜，运到英国之后，马上获得英国人的青睐。英国的贵族们从王室开始，

林壑斂清暉 煒作

自上而下地一窝蜂把这甜甜的、温柔华丽的水奉为人间圣品。于是，红茶在英国"咸鱼翻身"！

1762年，瑞典植物学家林奈还在《植物种名》里，用"bohea"来代表中国茶，这实际是武夷红茶的方言转换。由此可见，我们中国红茶在东西方文化中具有不同的地位。中国红茶常年处于"墙内开花墙外香"的状况。

五口通商以后，武夷茶漂洋过海，去到世界各地。茶，闽南话是"tay"，广东话是"cha"。传到西方后，拉丁文为"thee"，英、法、德、瑞，分别发音成"tea、the、thee、te"，土耳其则是长音的"cha"。中国茶，也就在晚清时代的悲歌中成了世界性语言。

正山小种为红茶之宗，传统正山红茶，条索肥壮，紧结圆直，在加工过程中用纯松木熏焙，品饮有明显的醇烟香和桂圆蜜味。19世纪，正山小种红茶畅销欧美，一直到第一次世界大战后，销路阻滞，产量才锐减，1949年全年产量不足11吨。闽红，除产于桐木关的正山小种，还有产于闽东福安、周宁、寿宁、霞浦的红茶，称"坦洋工夫"；产于政和、松溪的红茶，称"政和工夫"；而福鼎和浙江平阳、泰顺等地的红茶，则是"白琳工夫"。

红茶性格温婉，一如武夷山的傍晚。如果说，武夷岩茶是鹰嘴岩，是大王雄峰，红茶就是九曲溪，是玉女峰。红茶性格温柔甜和，品性稳定，可加糖兑奶，调入香花和水果，从欧美国家回转，是现代都市咖啡馆里和美式餐饮里常见的饮品，渐渐成为年轻人品饮的潮流。

近两年，在秉承传统、继承和发展现代的基础上，桐木关正山小种又开发出顶级红茶品牌——金骏眉。去武夷桐木关一问价，正宗金骏眉，一斤的价格至少为7000元！

天啊，这是喝茶，还是喝钱？

银针碧叶暗香来

　　去福州福鼎，喝绿茶白茶，常常让我联想起故乡江南。不论早晚晨昏，羁旅中一杯清亮的嫩芽在手，盈盈如春来江水，能不忆江南？

　　白茶又称福鼎白茶，中国六大茶类之一，是采摘后不杀青，不揉捻，经过晒或文火干燥后加工的茶。成品茶外观呈白色，多芽头、披白毫，故得名。宋徽宗的《大观茶论》中，有"白茶自为一种，与常茶不同"的论述。过去，白茶因昂贵稀少而价高。清嘉庆元年，福鼎选菜茶壮芽，制出银针白毫，到光绪年间改用福鼎大白茶，文火焙芽，芽壮毫显，洁白如银，就是现在的白毫银针。

　　清末民初，福建建阳的水吉又创制出白牡丹。以绿叶夹银白色毫心，形似花朵，冲泡如蓓蕾绽放，故名白牡丹。传说过去，到了香港地区，一旅行包的白牡丹可换一辆轿车！这是物以稀为贵的又一例证。如今，福建的福鼎、政和、松溪、建阳等地，都是白牡丹的产区。浙江的安吉白茶和贵州正安白茶，则因自然变异，茶叶呈白色，不同于带有白绒毛毫的白茶。

绿茶，是中国大部分茶区的主产茶，因不发酵、色绿而得名。中国"十大名茶"中，西湖龙井、黄山毛峰、洞庭碧螺春和信阳毛尖、六安瓜片等，均是绿茶。绿茶品种制法各异，区别微妙。常以形状为名。状如眉者，叫眉茶；状似珠子，叫珠茶；形似瓜子，叫瓜片；一旗一枪，名旗枪；两叶一芽如鸟舌，则为雀舌；旋转如螺的，是大名鼎鼎的碧螺春。在福建亦可喝到螺绿，产于永安，名为云峰螺毫。

冲泡绿茶，芽叶美丽，汤色澄绿，香气幽雅。不论青花盖碗，还是水晶玻璃杯，茶水饮尽，叶卧杯底，美得让人心醉。

所以清人杜濬每饮绿茶，必将残茶收聚于净处，至岁终封成小丘。并拟《茶丘铭》："吾之于茶，性命之交……世有常变，遇有顺逆……吾好茶不改其度。"

我一直以为，绿茶的王国在江苏和浙江两省。但据福建省农业厅、省茶叶学会等部门不完全统计，福建省茶产业中，绿茶和乌龙茶的产量各占半壁江山；同时，福建绿茶的种植品种中，优良品种达92%，远高于全国的40%和浙江的50%！

福建绿茶，自古有名的有石亭绿、七境堂、梅兰春、雪峰白毛猴、莲峰白云等。

石亭绿，产于南安丰州九日山与莲花峰一带，最初是僧人栽制。莲花峰有晋太元丙子年"莲花荼襟"石刻，是对于福建产茶的最早文献记载，距今有1600余年的历史。莲花峰中有石亭，石亭绿因此得名。此茶有"三绿三香"的美誉。

七境堂，为罗源县历史名茶。清光绪年间，曾以"福建罗源元明绿"的牌号畅销北京、天津两地。

梅兰春、雪峰白毛猴及白云、莲峰皆产自福州，永安则有螺峰和云峰清明。在众多闽绿中，据说以宁德蕉城的"天山绿茶"为极品。清乾隆四十六年，天山的"芽茶"曾列为贡品。清入关后，京都人喜爱花茶，以盖碗泡之，美其名曰"香片"，风行于京、津、冀、豫。于是后来，宁德、福州的绿茶，大批大批地由炒青改烘青，窨制花茶，北运外销。

虽然中国的绿茶经历了千百年岁月的沧桑，却依然本性芳洁，非花自馨，是最能反映中国人文气质的名茶。它不似红茶的甜润、乌龙的醇厚，绿茶在暗香纯澈中，总带着点清苦。古人云，茶乃"苦荼也"；陆羽说"茶之为用，最宜精行俭德之人"；陆游则有"饭白茶甘不觉贫"的诗句。明末的张岱爱茶成痴，明亡之后不为清臣，晚境凄凉，以至于有"闻香解茶瘾"的故事。这些，都契合了绿茶的品质，体现了我国古代知识分子的节操与精神。近代以来，绿茶更为文人大师所喜爱。

我一直认为，中国绿茶的气质和精神，对中国人而言，就像法国红酒对法国人一样。如果欧美各国放下饮红茶的习惯，愿意淡定从容地和中国人一样品饮绿茶，从茶到茶文化再到东西文化，才算是一种真正的理解与交融。

近年来，大江南北、黄河上下，茶的流行风云，从所向披靡的铁观音，到茶马古道的普洱茶，从岩谷幽香的武夷名枞，到风靡一时的金骏眉，你方唱罢我登场，让人眼花缭乱。

茶市的风云变化反映出来的，只是现代社会里浮躁的中国人内心的骚动。而我们手里的那一杯青绿，依然淡定、清苦，暗香不变。

明代才子唐伯虎在他所画的《事茗图》中自题诗云："日长何所事，茗碗自赍持。料得南窗下，清风满鬓丝。"画面意境清幽，层次分明。近处巨石侧立，林木葳蕤，远方峰峦屏列，瀑布飞泉，松竹之中现茅舍，观书煮茗待客来。这种"淡泊以明志，宁静而致远"的理想画面，于今日来说，是弥足珍贵的。

茶颜

金城里的三泡台

我出生于甘肃省兰州市。在我童年时期，似乎全国的物质生活水平都极为低下，粮食定量，布料定量，购买物品除了需要人民币，还必须有粮票与布票。副食品则几乎等同于奢侈品，特别是西部地区，比如烟酒茶糖。

父亲不吸烟不喝茶，所以家里的茶都用来招待客人。记忆中，一般是花茶碎末，用毛边黄纸包了放在柳条篮里。如果是许久未见的好朋友来，父亲会从一个画有"无限风光在险峰"的四方形洋铁筒子里取出两撮细软灰绿的茶，投到一只白瓷印花大茶壶里。这个时候，母亲便会端来一只印有艳黄的向日葵图案的圆形搪瓷茶盘，上面搁着玻璃杯，放在当茶几的棕色木凳上待客。

待客所用的所有物品，我和弟弟是绝不能碰的，否则会有直尺或鸡毛掸子棍与我们的体肤频繁"相亲"。

我跑去外公家，就会开心多了。除了偶然有令人惊喜的黑糖块可以甜嘴，还有茯茶可以尝尝滋味。外公和四个舅舅都是烟、酒、茶的密友，他们不喝绿茶，嫌味道寡淡，于是各自点着烟斗、自制卷烟和漠河烟，端着的搪瓷缸子里，均是浓褐深酽的茯茶。

热气腾腾的伏茶入口浓苦，却很适合西北高寒地带及高脂饮食地区缺乏碧绿蔬菜的人群饮用。

茯茶，是六大茶类中属于黑茶类的特色产品，原本是西北蒙古、哈萨克斯坦等游牧民族地区的特需商品。在西北，特别是对居住在沙漠、戈壁、高原等荒凉地区，主食以牛肉、羊肉、奶酪的游牧民族而言，在缺少蔬菜水果的情况下，茯茶是很有益于身体健康的饮品。

此茶因在伏天加工，便称伏茶，以其效用类似于土茯苓，又被美誉为茯茶、茯砖。茯茶是后发酵、也是全发酵茶。

据说，甘肃地区的茯茶大多出自陕西咸阳市泾阳县，也有的源于西南，距今有近千年历史。它兴于宋朝，盛于明清时期和民国时期，原料是陕西泾阳一带的黑毛茶。好的茯茶，茶体紧结，金花茂盛，色褐油润，品饮滋味醇厚悠长。但二十世纪七十年代，兰州老百姓大多喝的是很便宜的茯砖茶。

茯砖茶是用各种毛茶，包括茶叶、茶茎，有时还配上茶末，晒青后经过筛、扇、切、磨等过程，加工成半成品，再经高温汽蒸压制成砖。

茯砖茶曾经是中国商业文明萌芽阶段重要的高价值产品，除了是丝绸之路最重要的贸易物资之一，也是西北部边疆军政开支的财政支柱税源商品。

直到今天，在西北地区，茯砖茶依然是很常见的一种茶。

但兰州的特产名茶，却叫作"三泡台"。

三泡台，我很小的时候就听说过，那时它是高级而贵的东西。记忆中，外公偶尔下馆子去喝三泡台时，冲茶前先把里面的碎冰糖取出来，好带回家留给我和弟弟吃。我是一直到二十二岁大学毕业后，回兰州看望亲戚，受到朋友邀请吃饭，才在白塔山下的一间饭馆里，喝了一回三泡台。看着青花盖碗里棱角整齐的几块晶莹的冰糖，不禁想起遥远的时光里，外公笑眯眯地从口袋里掏摸出碎冰糖给我的情景。

那时，虽然店外不远处的黄河铁桥下，流经市区的黄河依然如昔，可外公已经辞世八年了。

三泡台，西北民间称"盅子"。茶具制作玲珑精致，有的古色古香，有的雅致大方，由茶盖、茶碗、茶托三部分组成，故称为"三泡台"，寓意"天盖之，地载之，人育之"。泡茶的主要材料是茶叶、冰糖、枸杞、桂圆、葡萄干；或茶叶、冰糖、枸杞、桂圆和甘肃临泽小红枣。

据说三泡台源于盛唐，和茯茶一样，在明清时期传入西北地区，与当地穆斯林饮食习俗结合，形成了独树一帜具有浓郁地方特色的茶品。

炎热夏天，喝春尖三泡台，比吃西瓜和白兰瓜还要解渴。寒冷冬季，当地回族人民和世代居住兰州的汉族百姓早晨起来，围坐于火炉旁，烤上几片馍馍，或吃点油饼馓子，总要"刮"几盅红糖盖碗茶。茶的清、干果的香，加上冰糖的甜，综合起来去腻生津，可以让人神清气爽、滋补强身。

在物质产品极大丰富的今天，喝三泡台成为极容易做到的事。但要喝好三泡台，还是需要一些讲究的。

泡三泡台，需先用滚烫的开水冲一下碗，然后放入茶叶和各种配料，冲入开水，加盖，等二至三分钟后饮用。

喝三炮台，则须一手提碗，一手握盖，同时用盖子顺碗口由里向外轻刮几下，一为刮去茶汤上的漂浮物；二是使茶叶和添加食料汁水相融，之后将盖子倾斜着半盖碗口，送至唇边吸饮。饮时不去盖，不吹叶，水不见底，轻口慢喝。

在喝茶的过程中，一次一次添水，茶之香，糖之甜，桂圆、红枣，次次有味皆不同，直到茶淡糖尽。

兰州历史悠久，汉昭帝六年，取"固若金汤"之意，置金城郡；隋文帝开皇三年，改金城为兰州。黄河由西向东穿过这个古老城市，三泡台也就和古丝绸之路一样，有着华夏文化融汇交融的古老韵味。

二十世纪八十年代改革开放后，人民生活水平大幅度提高，喝"三泡台"，茶也更加讲究。水、茶、糖、料，都要精选，有"香而不清实一般，香而不甜是苦茶，甜而不活不算好"之说。配料则有八宝、玫瑰、黄芪、莲花、菊花、新疆葡萄干等一系列产品。三泡台茶社也开始遍布金城的大街小巷，走进去静坐一个下午，可以回忆起许多美好时光。

2011年10月9日，我为处理母亲交代的一些事宜，再次飞回兰州。出了机场，刚坐上顾哥夫人郝薇大嫂亲自来迎接的小车，就接到了康年兄的电话。小时候在兰州，《读者》是我最爱的杂志之一，那时还叫《读者文摘》。如今，自己既是一个读者，又成了一个写作者，也因拙著《铁观音》，与操持杂志社的富康年先生于五年前相识。康年兄从微博上看到消息，马上电话邀约相聚，西北人的热情、质朴、敦厚立刻感动了我。

这次回兰州十二天，虽然事情处理得没有结果，但故友新朋的热忱陪伴与招待，令我永远铭记。美味的羊蝎子、手抓肉和兰州牛肉面自不必提，光是三泡台茶，我就品尝了数次。

十月，兰州的夜晚已冷。

离开兰州的最后一晚，我住在有着百年历史的黄河铁桥附近，看窗外灯火阑珊，打开朋友送的一包"三泡台"品尝。静寂中，往事如画，涌在我眼前，有的飘飘似烟，有的清晰如昨。我们每一个人，短短数十年人生，放在宇宙之中渺如尘埃矣！除了善待自己，善待他人，宽容、博爱与微笑之外，唯有记忆与珍惜。

我十二岁离开出生地，南下江苏老家，之后到福建厦门求学与栖身，最近的一次回兰州，距今也近五年。有些亲人与朋友，已然天地永隔，再也见不到了……

今日雨骤，此时此景，唯有捧清茶一杯，遥祝西北黄土高原上那些健在的朋友亲人，万事安康。

茶
颜

茶颜

婺源绿

　　车从南昌出发时，已是下午。三月，东风柔，雁北归，一路黄花入眼，芬芳也调皮地飞入车中，扑进车内所有人的心里。于是"哇"声一片，咏叹不断。

　　婺源，就这样进入每个人的梦里。

　　网络时代，不论是古村落，还是油菜花，或是徽派建筑与青山碧水，让曾经闭塞偏僻的婺源名满天下，早已超过"龙惊不敢水中卧，猿啸时闻岩下音"的黄山。

　　第二天一早，看江岭、游江湾，饱足一场视觉盛宴后，在初春烟雨里擎着伞，缓缓随着熙攘人流，步入白墙褐瓦的古村李坑。于是，黛青色的山峦下，团队也就散落在小桥流水人巷中。

　　李坑村不大，却自古文风鼎盛、人才辈出。自宋至清，仕官富贾近百人，小小村落，也留下近三十部文人墨客的著作。古村，自是著名的徽派建筑，两溪交汇入村，民居宅院就沿溪岸而建，有数十座小桥横亘溪上。街巷溪水通贯，九曲十弯；村落群山环抱，风光韵秀。

但由于近年外界游客的蜂拥，和周庄、丽江、宏村一样，李坑也面临过度开发，人文与自然风光渐渐有被快餐式旅游忽略、淡忘与破坏的危险。

好友何况兄是婺源人，除了给有耕读传家传统的故乡热诚捐建《泽山书堂》，还眉飞色舞地谈婺源美食，放言"无荤不可蒸，无素不可糊"。至于碧山清溪、古村黄花，一路风光一路诗，他知道，每个人的双眼早就贪婪地去横扫所爱了。有人冒着细雨登山一览，有人步入街铺寻觅特产，嗜好喝酒的，则坐入酒坊，来一碗婺源米酒！

大夫第门前，花伞如云，人头攒动，不进去也罢。过申明亭，我这个老茶客，忽然就想到了近来茶人们常常挂在嘴边的"申时茶"。对了！还有婺源绿！虽然不似太平猴魁、黄山云雾那么大名鼎鼎，但这里的绿茶也有千年历史啊！沿溪而上，拔步向前，申明客栈檐下的一楼，一匾横挂四个隶书大字："李氏茶庄"。但是，且慢！不是传说这里有某部电视剧拍摄过的一个茶楼吗？据说可以凭栏一眺房下的小桥流水人家。过桥抬眼，果然，忘景楼对面，就是传说中的光明茶楼了。

沿木梯登楼，古朴的方桌木条凳，宁静地等待有缘人的到来。茶，一壶八十块，在旅游景区不算贵。一个人，就来一杯吧。李坑民居多楼台，楼边常有美人靠。站在栏边四顾，错落的马头墙半掩半映，青瓦翘檐，古樟苍翠，山林葳蕤。此时，拥在溪岸两边大小不一、色彩各异的花雨伞，在我眼中也成了风景。

落座，茶，泡在玻璃杯里，芽叶黄绿柔嫩，汤色碧绿澄明，据说是产于大鄣山的婺绿。喝一口，淡淡的清香，鲜爽。我心想，这样就好。

对于一天不喝茶就着急又上火的我来说，每去一个地方旅行，总要带着茶，让它陪我晨起陪我夜眠。婺源，自然也是我久闻大名的茶乡。

婺源盛产绿茶，有"颜色碧而天然，口味香而浓郁，水叶清而润厚"三大特点。1200年前，陆羽《茶经》上载："歙州茶生婺源山谷。"至宋朝，婺源产制的茶叶已经出类拔萃。《宋史·食货志》记茶："婺源之谢源，隆兴之黄龙、双井，皆绝品。"此时，婺源绿已经成为宋朝六大绝品茶之一。至近代民国时期，朱美予在《中国茶叶》一书中说，皖南茶区，祁门、黟县、歙县、休宁、婺源、绩溪，"六县之中，婺源茶区面积之大，产量之多，推为第一"。

时间仓促，一杯饮尽，我下楼步入雨巷，口中仍有茶香。购半斤茶，于是，心里也有了香。

就这样，把油菜花装在眼眸，把婺源绿饮进胸腹，惜别。

回鹭岛数日后，我脑海里依然萦绕着婺源的一山一草、一情一景。翻阅书，知婺源绿茶和当地一山浓翠一水碧无可分割。虽然眼见金黄的油菜花连天接云，但是，绿，才是婺源一年四季真正的主色调！

婺源全县森林覆盖率达83%，有名的大鄣山，林木茂密，泉涧清澈，负氧离子含量每立方厘米高达10万个单位。而茶，则喜温湿，好雾岚，对光照、水分、土壤、环境都有要求。中国绿茶名优品种，大多分布于北纬28度至32度间，婺源则恰恰处于其中，那里有高山、绿林、清泉、溪流，还有阳光、雨露和清新的空气，真是高山云雾出好茶。

婺源茶，给婺源满载了荣耀："宋称绝品"，"明清入贡"。1915年，婺源茶荣获国际"巴拿马万国博览会"金奖；1981年，"雨茶一级"和"贡熙一级"获国家优质产品奖；1982年，"婺源茗眉"被评为全国名茶；1999年，"AA级大鄣山茶"获99昆明世博会金奖……1994年，婺源茶园面积达16.7万亩，茶业总产值达5000万元，占全县财政收入的三分之一。婺源茶一度也成为当年这个山区边界县的经济支柱产业。

茶叶色色，何舌能别？婺绿芬芳，麻珠稠浓。

历史留给后人的，有辉煌，也有失落。但穿越时光的隧道，不论辉煌与失落，茶总是不改其性，依然是那方水土养育出的那方灵草，依然是"人在草木中"的那款茶。

此时，我兴起，遂赋诗一首寄婺源：

> 三月黄花满地金，
> 古村韵绝粉墙青。
> 春山秀媚云岚绕，
> 莫忘婺绿一壶清。

搁笔，有不知名的鸟儿飞入阳台鸣唱。好，喝茶去。

时光深处的天味

茶颜

一泓水，在时光的山林里穿行，经得起跌宕起伏的涤荡，而后才有甘泉清流，才有催发万物的生机。

一泡茶，在沧桑的岁月中流转，耐得住漫长岁月的磨砺，而后才有醇香永恒，才有永不消逝的记忆。

茶炉中的水已沸，一块老普，在沸腾的热水中飘出缕缕悠远绵长的枣木沉香，让我的遐思不断……

下午，朋友来电话，说要送茶来，我马上就坐不住了。这茶，在另一茶友处见过，隔着包装纸，就闻到了它那温润的香气，可我没喝到！茶友笑眯眯地说，这是古董级的，喝了多可惜！于是看着它被重新收入罐中，挠得我心直痒痒。

今天，我也要和这古董级的茶亲密相会了！端出久违的电热陶茶炉，取出养藏多年的紫砂合欢壶，摆好精美的如意琉璃盅，手里虽然不停把玩着一只汝窑杯，心却早就飘到茶那里去。

不要笑我迫不及待，对于所有的茶痴、茶迷来说，与一泡好茶相约的心情，恰如"一日不见，如隔三秋"的美好热恋。

茶，终于送来了。入夜，饭后，我捧着茶砖看了又看，嗅了又嗅，才理解当初茶友那一份不舍的心境。老普洱当年的青涩，已被岁月熏陶成沉稳的乌润；老普洱当年的白芽，已被时光转化成柔媚的金丝。

茶香随着轻烟飘散，入盅，色似琥珀，红润亮洁；入口，滑、醇、厚、爽、甘；入腹，则肚中温暖，胸肺通畅。几杯下去，轻盈通泰。

这样一壶在沸腾的泉水里煮出来的老普洱，在不期而来的那种沧桑中，恰似青灯下的古卷，仿若禅房外的细雨，如他乡遇故交的欢欣，是重回时光深处的真味。自然，这也是和幸福与苦难、动荡与宁静岁月的一种约会。

就这样，西南一株老树上的经年叶片，随着时光流转，在鹭岛一个平常的夜晚，撞开了我的心。让我沉静下来，静品岁月流逝，静品人生美好。那是在时光滋养下，"一瓯细啜真天味"的心旷神怡，那也是岁月浸润后，"也无风雨也无晴"的淡定与从容。

闲说乌龙静品茶

　　林语堂先生说，只要有一只茶壶，中国人到哪都是快乐的。

　　从江浙到北方，人们常饮绿茶；西南、西北与湖南、湖北、广东等地，人们多钟情普洱与砖茶、黑茶；入闽台，或到了潮汕地区，人们则偏爱乌龙。

　　乌龙茶，据说是1840年后才被广泛称呼的茶类。

　　"乌龙茶"名字的来源，有很多传说，一一梳理出来看，也依然只是传说。但现在把武夷茶视为乌龙茶的始祖，基本上没有异议。

　　武夷茶，在宋代称北苑茶，广泛种植于建安。北苑茶是福建最早的贡茶，龙团凤饼，名冠天下。有宋一代著名的文人骚客，常有吟诵。

　　明代朱元璋诏令废贡，团茶改为条形茶叶，武夷岩茶和洲茶出现，渐渐发展出独特的乌龙茶工艺。1717年，崇安县令陆廷灿《续茶经》引述王伏礼在《茶说》里的记载，"独武夷炒焙兼施，烹出之时半青半红"，和我们现代所见的传统乌龙制作工艺吻合。

袁枚嗜茶，在《随园食单》里这样描述武夷的岩茶：

丙午秋，余游武夷，到曼亭峰天游寺诸处，僧道争以茶献，杯小如胡桃，壶小如香橼，每斛无一两，上口不妨咽，先嗅其香，再试其味，徐徐咀嚼而体贴之，果然清芬扑鼻，舌有余甘。一杯之后，再试一二杯，令人释躁平矜，怡情悦性。始觉龙井虽清，而味薄矣；阳羡虽佳，而韵逊矣。颇有玉与水晶，品格不同之故。故武夷享天下盛名，真乃不忝。

之后，许是文人兴致所至，袁枚还挥笔写了长诗《试茗》。《随园食单》里所记"杯小如胡桃，壶小如香橼"，正是如今流行于闽南潮汕地区的工夫茶泡法。工夫茶的冲饮法，最宜乌龙茶，可养壶、闻香、赏色、品水，加上关公巡城、韩信点兵的诗意描绘，将古今沧桑人世冷暖，尽付茶中。

福建是乌龙茶的故乡，中国台湾地区、广东也出产。因而从产地来划分，当今主要有四大乌龙茶：一是以武夷水仙、肉桂、大红袍、铁罗汉等为代表的闽北乌龙茶；二是以铁观音、白芽奇兰、漳平水仙、黄金桂等为代表的闽南乌龙茶；三是凤凰单枞、凤凰水仙、岭头单枞等为的代表广东乌龙茶；四是渡海传到台湾地区的乌龙茶，包括冻顶乌龙茶、高山青茶、台湾铁观音等。

品乌龙茶，宜先品铁观音、奇兰和漳平水仙等，而后尝凤凰单枞，老茶客则喜欢滋味醇厚骨鲠的岩茶。

去台湾地区，喜欢茶的朋友，也许不登台北信义的101大厦，但会访紫藤庐。一泡高山乌龙，在安静幽暗的小茶院中度过一个温暖安详的下午。

有人说，闽南铁观音清芳似红袖佳人；白芽奇兰甘纯如乡野少女；漳平水仙和单枞是肩负家庭的儿郎；武夷岩茶则是历经岁月的潇然老者。这样的比拟未免失之简单，但茶如人生，却也从中窥出了几分。

在2000年的千禧年之际，我辞职。旬月之后，周边相识的人来往变得稀少。许多的朋友，似乎就此从眼前消失了。一个人时在家中，自说自话，对着一台笨重的台式电脑，把想说的话变成文字。那时最常陪伴我的良友，是一烟一茶。

烟多是红双喜牌，产地有南洋的、广东的，间或有上海的。茶，主要是闽南乌龙茶，铁观音和一枝春。厦门茶厂的海堤牌茶叶，120克为一盒，三四块钱，很便宜，小店和卖场都可看见。有时候得一笔稿费，想犒劳优待自己，可买洋铁罐听装的大红袍，红罐，或老枞水仙，黄罐，依然选择海堤牌。

海堤茶都是高火烘焙，茶汤泡出来，颜色浓如酱油水，可是滋味略有不同。

一枝春，主原料是毛蟹色种，拼配黄金桂提香。黄金桂又称黄旦。品质是香气高强，清鲜优雅，有"未尝天真味，先闻透天香"之誉。

铁观音，安溪"六大名旦"之首，从1915年"巴拿马万国博览会"对中国名茶评比开始，一直为我国十大名茶之一。纯种铁观音，必然"红芽歪尾桃""七泡有余香"，是我后来最爱喝的闽南乌龙茶。

喝茶的人都知道，大红袍是我国特种名茶，一般常见的是拼配茶，优质红袍滋味醇厚、岩韵明显，香气浓幽，有兰花香、粽叶香、蜜桃香等香型。

如今，和肉桂一样，老枞水仙是武夷岩茶最主打销售的优良品种，其滋味独特而谦和，老茶客们对此茶评价很高，也是我现在最爱的闽北乌龙茶之一。

喝完茶，黄色和红色的铁罐舍不得丢，原先存留不少。后来我搬家，书册都清理许多，更别说茶罐子了。

多年过去，因为文字与茶，又结识了许多茶友、茶人，有的喜欢热闹，有的偏爱安静。纯正、孤傲、温和、倔强、安静、爽朗……和千百种山野里的茶一样，茶人都有着自己的性子。只是面对一杯金黄如珀的香茗，大家都显得虚静而和睦，沉稳且旷达。

无论再迷人的一泡茶，也总有到最后黯然淡出的一刻。品茶，其实就是在不完美中体味圆满的过程吧。

中国六大茶类中，我认为乌龙茶是最具鲜明特色的茶叶品类。同时，它也是最令人迷惑、好奇，似乎永远存有未知秘密的茶类。其品种繁多、滋味丰富、口感复杂多变，一如我们各自不同的人生。

桃溪水，岁月茶

　　提起永春，尚武之人必说到永春白鹤拳；老饕们则念念不忘白鸭鲜笋芦柑老醋；而文人骚客，大多会想起余光中，想起悠悠的《乡愁》。

　　说到诗歌中的"永春"，晚唐著名诗人韩偓这样描绘："厌闻趋竞喜闲居，自种芜菁亦自锄。"宋代陈知柔则有"君似孤云了无碍，我如倦翼早知还"的高论。大名鼎鼎的朱熹也在永春留下了"千浔瀑布如飞练，一簇人烟似画图"的传世佳句。如此看来，永春确实当得起"桃源"的美名。

　　对第二次去永春的我来说，总觉得岁月如白驹过隙，恍然间就过了七年。七年前，我作为鹭岛茶客之一，曾与众茶友登牛姆林、上狮峰岩，进横口乡、入玉斗镇，品鉴永春当地的一款名茶——佛手。

　　在中国，所有的名茶都有美丽的传说，而与佛教有关并以此命名的两种佳茗——安溪铁观音与永春佛手，发源地都出自福建泉州府。可见朱熹当年至泉州所题的"此地古称佛国"，实不虚言。

永春佛手，发源于达埔狮峰，山中冈峦叠翠、清泉自流，泉上有岩，状如雄狮，是名狮峰岩。清康熙四十三年，李射策在《狮峰茶诗》中称赞佛手茶："品茗未敢云居一，雀舌尝来忽羡仙。"

佛手茶树，属大叶型灌木，树冠高大，鲜叶大如掌，因其树势开展，叶形酷似佛手柑，又种于古寺，因此得名"佛手"。

永春佛手现在主产于永春县苏坑、玉斗和桂洋等乡镇，位于海拔600米至900米的高山处。主要品种有红芽与绿芽两种，据当地人介绍，红芽佛手更佳。成品茶的条索紧结肥壮，色泽砂绿乌润，冲泡时汤色橙黄清澈，气味馥郁芳幽，滋味醇厚甘爽，有独特的香橼味。据说，写下"华枝春满，天心月圆"的近代高僧弘一法师，常饮此茶，曾在永春普济寺著述弘法其间，登狮峰岩，并欣然题下"永春佛手"四字。

此次与众文友自驾游永春，心中所想仅二事：其一，看看永春白鹤拳法；其二，对于老茶客的我来说，当然是再品佛手那沁人心脾的雪梨香。

时值盛夏，恰逢岵山荔枝的季节，主人热情好客，一入永春境内，就带着我们去看岵山古镇，品尝甘甜荔枝。我们参观了古镇的自然生态与文化古宅，并步入枝繁叶茂、硕果

累累的荔枝林中。

我年少时，荔枝除了在诗句文章中读到，是极少亲眼看见的。白居易诗云："荔枝新熟鸡冠色，烧酒初开琥珀香。"苏东坡也有诗道："日啖荔枝三百颗，不辞长做岭南人。"到厦门之后，香蕉、龙眼、菠萝和荔枝，确实满足了我少年时期对南国水果的向往。

岵山荔枝鲜红的薄皮一剥掉，晶莹的白肉就润出黏滑的香汁。浓荫之下，朋友们或站或坐，纷纷从篮筐里拿起荔枝来吃，自擎轻红香满手，露出冰肌玉不如，甜蜜的汁液沾满了大家的双手，沁腑的果香更让人痴醉。

当然，若是站在山冈远眺，则见古宅民居错落有致，保存得相当完美。房前屋后，荔枝龙眼枝叶扶疏；田间垄头，鲜蔬稻荚肥美飘香。更有翠竹婆娑，野花芬芳，鸟声啾鸣，野趣盎然。如今，在乱哄哄的都市里匆忙生活的人们，怎能不爱上这样的田园生活呢？

说到田园，就想起陶渊明的"采菊东篱下，悠然见南山"。而永春古称桃源！难道陶渊明当年写《桃花源记》时，也曾来到这"万紫千红花不谢，冬暖夏凉四序春"的闽南小城？

桃城如今是永春县府所在，桃溪水蜿蜒穿过，据说过去每逢农历三四月间，溪岸两边桃花盛开，在蒙蒙烟雨中，茵红满地，别有一番诗意入心头。

夜色悄然来临，晚宴之后，夜风微醺，我们在主人的引领下，登临古典静雅的御品香茶楼。茶室优雅，古筝静卧，一壶桃溪水，满屋佛手香。茗香悠远，在这样一个夜晚，轻轻扣开了我们的内心，让我们沉静下来，静品岁月如歌、尘烟如茶。

茶颜

茗香伴雨润心莲

丙申六月，杭州刚出梅雨季节，我来到灵隐寺东侧北高峰下"杭州创作之家"小住。

来时是晴天，一入住就下起了雨。园中小池水面涟漪、锦鲤欢畅，玻璃长廊外，一排浓密的翠竹频频点头，瓦檐上早流下道道白波。

黄昏雨微，正是步行的绝佳时机，我与文友忠佩兄同行。出了小院，即是百亩茶园，有长方形石碑横立小路一边，上面写着"西湖龙井茶基地一级保护区"，乃杭州市政府十二年前的四月所立。

过法静寺沿山路前行，路边商店，常见茶铺，或有铁锅，或有竹筐，架于店门外，皆曰售新鲜"龙井"。

西湖龙井，中国十大名茶之一，有1200年的历史，主产杭州龙井村一带。据说，爱游山玩水的乾隆至杭州，把狮峰山胡公庙前的十八株茶树封为"御茶"，从此龙井名满天下。

其实，此地在唐代就出产茶，史载产于灵隐与天竺二寺，不过品饮与制茶方法与今天不同。"龙井"之名起于宋代，至明代，有"明前为珍雨前上"的说法。嘉靖年间，《浙江匾志》载："杭郡诸茶，总不及龙井之产，而雨前细芽，取其一旗一枪，尤为珍品，所产不多，宜其矜贵也。"

早年，按茶产期先后与老嫩分，有"莲心、雀舌、明前、雨前、头春、二春"六级。后来，改为"特级"与一至十级，共十一个等级。

据说特级西湖龙井成茶，一斤约含有八万多个茶芽，炒制时必须用手在铁锅里翻炒，翻炒手法达十种之多，但一次仅仅可炒250克茶青。成品茶一芽一叶，扁平光滑，必须是明前龙芽或芽长于叶的雀舌，色嫩绿，表无茸，冲泡则汤色嫩碧，甘香似兰，饮之悠远清芳。

去景区步行街铺一观，不论铁罐木盒，大都标着"西湖龙井"四字。"特级"或"一级"，固然不可随意乱标，可是如果标注个八级、九级、十级，又会有谁来买呢？这种心思，倒是符合了中国人爱面子的心理。

但对买茶来喝的人来说，无疑增添了购茶难度和犹疑不决之心——茶叶专家是极少的，除了茶农与老茶客，有几人能辨别出这小小绿片是几级龙井？是产于西湖，还是产于越州？

好在游客是不在乎这些的。不买点龙井茶带回家，似乎白来一趟杭州了。

杭州是中国历史文化名城，西湖之畔，菡萏初开，荷叶风翻，如镜的湖水微漾清波；灵隐景区，林壑优美，草木葳蕤，数条山溪淙淙奔流。微雨里，在茶亭小坐，泡一杯嫩绿，观周边清净自然的山水，感觉也是极好的。

天色渐黑，路边有书店，牌子上标注了"亏损转让"，透过玻璃窗窥望，里面图书甚多，但没有开门。雨却似乎大了起来。我和忠佩兄匆匆返归，据说香火旺盛且收门票的灵隐寺早已关了山门。

隔日晴好。早饭后出门小走，艳阳天下，白云悠然闲荡，飞鸟自在鸣唱，浓绿的北高峰显露出雄壮之态，山下百亩茶丛舒展在大地上，静静沐浴着太阳的光辉。

茶丛深处，一位戴草帽的老农似乎在弯腰除草，我忍不住冒着被凶狠蚊虫叮咬的危险，快步走入茶园和他交谈。

老人笑说："景区内的铁锅肯定是道具，而茶，当然不是西湖龙井！"

"没有那么绝对吧？"我说。

"你买了吗？买了可以给我看看，一看我就知道！我种茶二十五年咧。"他撇撇嘴，普通话里含着浓重的地方口音。

"我已多年不在景区购物，但手机里拍有许多照片啊！"我笑着把拍摄的照片给他看。

"哦！你看你看：这绿的哇，太绿了咯，就不是本塘绿，这是沙鳖，不是龙井！龙井是绿黄糙米色的，你泡了水，要去闻一闻，龙井有油煎蚕豆瓣香的哇！好龙井喝了滑溜溜的……"

"沙鳖是什么？"

"沙鳖就是沙鳖。"老人这样回答。在我的认知常识里，沙鳖是一种叫鼋的龟类。老人口中的"沙鳖"，应该是方言话里的一种茶吧。

龙井茶的制作工艺，似乎比福建的南北乌龙茶，比如铁观音、肉桂、水仙容易。问了老茶农，得知一斤成茶，也基本上要五斤毛茶炒成，而如今，光是采茶工采摘一斤毛茶的成本，约在25～30元左右。之后要摊放、分筛，手工炒茶，如是好的明前茶芽一次可成，炒制时间也要4个小时左右，量则每次不过六七两。这样一算，手工茶是要花费极大的人力工夫的。

当然，和所有产业一样，机器的出现解放了手工的费时费力和批量问题。但机制龙井茶，外形大多呈棍棒状的扁形，色泽暗绿，也欠完整，在同等条件下，总体品质比手工炒制的差。

我以为，茶是有生命的个体。手工炒茶虽然没有机炒均衡准确，但正是这不均衡，恰好体现了茶的多样性和变化性，使其滋味更加丰富饱满和有活力。

品龙井，宜用75度到85度左右的温开水。因为龙井是不发酵茶，茶叶本身娇嫩，100度的沸水会烫坏茶叶，影响鲜美的口感。

　　泡龙井茶，风雅的茶舍和茶人，喜欢用青花盖碗冲泡，饮一水初绿，品味细致高雅。更多的人则喜欢用透明玻璃杯，看叶片在水中渐渐苏醒，雀舌芽叶伸展开来，一旗一枪沉浮变化、妖娆起舞。这就不单单是喝茶，还有视觉上的美妙享受。

　　入夜又落微雨，好友作家黄咏梅女士邀我至张生记吃杭帮菜，并馈赠西湖龙井一盒。返回住地，一边听林海的钢琴曲，一边迫不及待地拆封泡茶。虽然没有盖碗，也不是玻璃杯，但汤色碧、水甘醇，香气飘逸，细雨中确有"院外风和西子笑，明前龙井女儿红"之意。

下梅——万里茶路起点

茶颜

微雨连绵淅沥。窗外的云顶岩，笼在一片白色山岚中。

这并非是个理想的下午，闷在家中看电影是一种选择；从故纸堆里找本书来读亦是一种选择；听雨品茗吸烟，当然富有诗意，也显得闲暇自在。

当茶烟和窗外的雨雾同时飘飞，人的思绪，也缥缈如烟起来。

2018年8月30日，也是在微雨中，我与云良、唐天、林祁诸友，去武夷山下梅古村，探访万里茶路起点。

这是我第五次来武夷山，却是第一次到下梅村。下梅位于崇安东部，距武夷山风景区八公里。村建于隋代，坊兴于宋代。到达村口，只有简单的一块石碑标明它的身份：晋商万里茶路起点。

古村群山环抱，梅溪拥围，与村中的人工小河当溪呈"丁"字形交汇。河边白墙木檐，由木柱撑出头顶的木建筑吊楼，颇像闽南骑楼，可在楼下避雨。村内祠堂、古井、老街、旧巷，交融出村落独特的魅力，蕴含着丰厚的人文景观。

《茶事杂咏》记载："清初贸易在梅溪，贩得毛茶价颇低，竹筏连云三百辆，一篙归去日沉西。"

在清代，梅溪普经发挥着重要的商贸水运作用。康熙五年，武夷茶由荷兰东印度公司收购，在下梅村集运转销。据《崇安县志》载："康熙十九年，武夷岩茶茶市集崇安下梅，每日行筏三百艘，转运不绝。经营茶叶者，皆为下梅邹氏。"

梅溪，也是山西榆次常氏进入下梅采购武夷岩茶的重要水路。晋商常氏与下梅邹氏互助联合，开始大宗贩运武夷茶叶，于是在史书上留下"万里茶路"的商业传奇。

据记载，当时一到每年的茶期，在下梅收购精制的茶叶后，通过梅溪水路集运至崇安县城验押。之后雇用当地人工千余名，车马过风水关运到江西，再水路经汉口，达襄樊，转唐河，北上至河南，而后备马帮驮运继续向北，过洛阳，跨黄河，越太行，经晋城、长治，一路换畜力大车向西北太原、大同，至张家口、归化，换骆驼队直到中俄贸易城恰克图。到了乾隆年间，下梅村和崇安星村一样，已成为武夷茶区最大的茶市之一。

"万里茶路"全长达5150公里。漫漫商路上，光是骆驼就达数百峰之多。这其中，又该有多少跌宕起伏的故事和传奇可以书写啊！

武夷茶的外销，除了这一条陆上的万里茶路，当然还有一条海洋之路。十七世纪初，荷兰人最早从海上把武夷茶运往欧洲。1684年清廷解除海禁，五年之后，英国的商船也泊靠厦门港。茶叶只要顺闽江而下就可出口，福州、厦门成了"水上茶路"的口岸代表，"BOHEA-TEA"从此名扬欧洲。而武夷地区的茶市中心，也从下梅移至赤石，盛极一时的下梅，在历史变革中慢慢走向衰落。

如今，下梅邹氏还留有从恰克图带回来的美孚石油公司油箱，以及邹氏茶庄"景隆号""集春号"，验押茶货的"素兰号"木印模，这些都是往昔下梅邹氏与晋商进行武夷岩茶万里贸易时使用的实物遗存。

楼外烟雨厅内茶，无上清凉野花香。

现在，虽然下梅已经是一个新旅游区，但古村落的风貌被武夷山响亮的名头盖过，因此还显得古朴幽静。当年修建的九个码头旧址还在，然而物是人非，昔日梅溪舟来楫往穿梭繁忙，如今则清净孤寂。走在古村落中，看小溪、木桥、美人靠，观古宅、旧铺、风雨廊，斜阳残照里，依然透出当年的隐隐风韵。

茶颜

煮煎点泡冲，
茗香菡苔风

　　我去三明将乐看玉华洞与杨时墓，途经一院，见门悬仿古彩旗，旗上写着二字——"擂茶"，随即停车品尝一下。

　　顾名思义，擂茶得用器具来"擂"，就是擂棍和擂钵。擂棍长2尺余，用茶树枝或白蛇藤制成，上端刻环沟系绳悬挂，下端刨圆了便于擂转。擂钵则是当地的特制陶盆，内壁布满辐射状沟纹，便于擂时摩擦。擂茶的原料以芝麻、茶叶、陈皮为主，加水擂捣，咕咕有声，气势颇足。我们所喝的茶里还加了许多炒花生和一些当地草药。擂成了浆，冲水，滤筛，碗里汤白，微甜微咸。这个茶，一喝就让我想到朋友老萧，估计他会喜欢。

　　据说，不喝擂茶，枉到将乐。

　　又说，擂茶是唐朝时期由客家人传入福建。最早的说法，则提到了东汉时期的伏波将军。这些说法，似都有历史足迹可循。

在我国，最早饮茶的阶段，茶叶是放在敞口的大锅或瓮中煮。喝时加料，如加姜、葱、枣、橘皮、茱萸、薄荷等，似煮汤或粥。这样看来，擂茶的材料与之相近。古人是否也要"擂一擂"呢？据《茶经·二之具》上载，"杵臼，一曰碓，惟恒用者佳"。因此，制压茶饼也是要以杵捣茶的，只不过这捣茶，是拍压烘焙茶饼的第二道工序。但"煮"茶，则常见记载于各种诗文。

晚唐时期的杨华在《膳夫经手录》中就说："近晋、宋以降，吴人采其叶煮，是为茗粥。"皮日休的《茶中杂咏》序云："然季疵以前称茗饮者，必浑以烹之，与夫瀹蔬而啜饮者无异也。"这里的季疵，就是指写《茶经》的陆羽。"浑以烹"便是加些辅料，煮成羹汤而饮。饮茶更像喝蔬菜羹。

茗粥类的饮茶习俗，始于西汉。西汉以后，茶的烹饮方法不断发展变化。大体说来，从西汉至今，有煮茶、煎茶、点茶、泡茶、冲茶五种烹饮方法。

所谓煮茶，是指茶入水烹煮后饮用。唐代以前，没有好的制茶法，往往是直接采生叶，加上辅料煮饮。唐代以后，制茶技术日益发展，饼茶（团茶、片茶）、散茶品种日渐增多。陆羽《茶经》问世后，煎茶法广为传播。但即使到了两宋时期，依然有煮茶而饮的习俗。苏辙在《和子瞻煎茶》里有"北方俚人茗饮无不有，盐酪椒姜夸满口"之词。黄庭坚的《奉谢刘景文送团茶》则说："刘侯惠我小玄璧，自裁半壁煮琼糜。"

唐代的茶诗有"出斋猿献果，烹茗鸟衔薪"之句，想想倒是野趣十足。

三国魏时期，张揖的《广雅》载："荆、巴采叶作饼，叶老者，饼成以米膏出之。欲煮茗饮，先炙令赤色，捣末置瓷器中，以汤浇覆之。"这表明此时沏茶，已发展到先将饼茶放在火上灼烤，然后斫开打碎，研成细末，过罗倒入壶中，用水煎煮。尔后，再加上调料煎透。但陆羽认为，此煎茶法犹如"沟渠间弃水耳"。

按陆羽《茶经》所述，在煎茶前，茶饼须经过炙、碾、罗三道工序。为了将饼茶碾碎出香，就得烤茶。即用高温"持以逼火，屡其翻正"，烤到饼茶呈"虾蟆背"状时为适度。烤好的茶要趁热包好，以免香气散失。

煎茶需风炉和釜，以炭为佳，硬柴次之。除了要花工夫和时间，煮茶时的耳朵与眼神也需要好，可谓一丝不苟、聚精会神：

观水有"鱼目"，听之"微有声"，"一沸"也。马上去除浮在表面的水膜，投盐调味，否则"饮之则其味不正"。

水烧到气泡如涌泉连珠，"二沸"也。先在釜中舀出一瓢水，再用竹筴在沸水中一边搅动，一边投入碾好的茶末。

水烧到釜中气泡如"腾波鼓浪"，此"三沸"也。加进"二沸"时舀出的那瓢水，使沸腾暂时停止，以"育其华"。

这样下来，茶汤就算煎好了！

对比煮与煎，我们会发现，煮茶的水，可冷可热，茶入水中需经较长时间的煮熬。煎茶，则是二沸时投茶末，三沸时则入凉水止沸出汤。

煎茶法的主要工序有备器、选水、取火、候汤、炙茶、碾茶、罗茶、煎茶、酌茶。唐代封演的《封氏闻见记》记载："楚人陆鸿渐为茶论，说茶之功效，并煎茶炙茶之法"，"于是茶道大行，王公朝士无不饮者"。

煎茶之美可见于诗句："投铛涌作沫，著碗聚生花"，"碾成黄金粉，轻嫩如松花"，"滩声起鱼眼，满鼎漂清霞"。

至宋代，茶文化鼎盛，上至王公大臣文人僧侣，下至商贾绅士黎民百姓，无不以饮茶为时尚，点茶、分茶和斗茶时常可见。

据宋徽宗《大观茶论》、蔡襄《茶录》等书记载，点茶法的主要工序有备器、洗茶、炙茶、碾茶、磨茶、罗茶、择水、取火、候汤、茶盏、点茶（调膏、击拂）。

点茶中不可缺少的茶器是盏和筅。特别强调的是，点茶时水沸的程度，谓之"候汤"。煮得汤恰到好处，才能使茶的色、香、味、意、形俱佳。但宋代煮水不用釜，用肚圆颈细高汤瓶，方能保持水的温度，好用来冲沸水点茶。因此，"候汤"是无法用眼睛看的——要特别训练听力。

南宋时期罗大经《茶瓶汤候》中就详细记载了闻听煮水的要领："水初沸，如砌虫声卿卿万蝉鸣；忽有千车稇载而至，则是二沸；听得松风并涧水，即为三沸。此时，便应及时提起汤瓶，将开水注入已放有茶粉的茶盏中，随即用茶筅击打茶汤，直至水与茶充分交融，表面浮起一层白色茶沫乳为止。"

点打茶汤的饮茶方式，逐渐形成斗茶之风，从民间到朝堂，无不以此为乐事。点茶高手可把茶沫打得纤巧如画。

在现代人看来，这种吃茶方法确实是劳什子的事。

但宋代时期的人们乐此不疲。范仲淹、苏东坡、黄庭坚、杨万里……众多文人骚客，也都留下了赞美点茶和斗茶的诗章。点茶，在他们的笔下，真是银瓶蟹眼，瓯盏凝酥，琼蕊生烟，松风涛飞！

关于斗茶，我曾写过两篇短文《斗茶》和《再谈斗茶》。但宋朝的斗茶与分茶文化，内容多得实在是可以出一本专著的。日本抹茶道文化的传承和发展，源自我国的宋代。今天，福建武夷山区，有茶人重新恢复出点茶分茶法，有兴趣的朋友可以一试。

朱洪武罢造"龙团"、改进芽茶，团饼茶遂变为散茶、芽茶。从此，用沸水直接冲泡散茶的饮茶法，逐渐代替了煮、煎、点饮法。但直到今天，在西南有些地区，用铁壶、铜壶煮茶来饮，也很常见。

明代的张岱，少纨绔，好精舍美婢和鲜衣骏马，是极爱繁华与热闹的风流少年。及其天命，人散天涯，一榻凉风，避山居著《陶庵梦忆》，嗜茶并善鉴水，亲自制茗，创兰雪茶，泡之色如新竹，味似香兰。与闵老子会，实有高山流水的古意。

散茶置于杯壶中饮的风潮，从明代开始一直延续至今日。我以为这种饮茶方式，可分泡、冲（沏）两法。如龙井、毛峰，投入玻璃杯或盖碗、瓷杯，续水以浸，是为泡茶；半发酵茶、全发酵茶和后发酵茶，如乌龙或红茶、普洱、铁观音、大红袍，正山小种与祁红、宁红等，置茶于茶壶或盖碗内，以沸水冲沏，再由公道杯分酾到小茶杯中品饮，即今流行于闽、台、粤等地区的"工夫茶"，是为冲茶。

当然，当今有钱有闲暇的人士渐多，喜欢一种悠然缓慢的时光与情调。把茶室布置得精美优雅，仿着古人，置炉架炭，用从日本购来的铁壶，慢火细煮一壶陈年普洱或者老乌龙，也是别有韵致的事。

朋友唐天，喜好古籍与茶，饱览书卷，曾出一上联予我：

> 茶客幽饮，茶逢知己千杯渴。

我才疏学浅，勉强对一下联为：

> 茗花浮香，茗对故友万盏华。

呵呵，文字游戏，一乐也。

茶
颜

茶樽蔎茗荈

春来，阳光洒入阳台，微风中的香龙血树悄然花开。此时，拿出提梁壶、柴烧杯，泡一壶香茗，在树边摇椅中一坐观书，实赛神仙。

茶，不论是铁观音、白芽奇兰或漳平水仙都好；书，则是与此时应景的《饮茶漫话》。

《饮茶漫话》于1981年11月出版，除去插图10页不算，薄薄的152页。当时一版印了四万五千册，一册八毛五分。三十五年后，它方有缘入我的眼中，后面是否有再版也不知道。书中讲的内容，是当今网络时代，电脑上一搜便大多可知。倒是有一个说法是我首次听闻，可以分享给读者，以博一笑：神农尝百草，遇茶而解毒。茶入腹，上下流动，仿佛在检查什么，把胃肠洗涤得十分干净，于是，神农氏就将这种绿色植物称为"查"。

这个说法，似乎是从发音相同，来解释一片香茗何以叫

"茶"。但其实这只是现代人一厢情愿的想象罢了。

隋炀帝创科举，以"明经"科取士，唐承隋制，规定以《易》《书》《诗》《周礼》《仪礼》《礼记》《左传》《公羊传》《谷梁传》为"九经"。通览九经无茶字，并非那时无茶，以"荼"为"茶"字而已。

荼，本意是苦菜，《诗经·邶风·谷风》里云："谁谓荼苦？其甘如荠。"有人以为此"荼"是茶，实则谬矣。传说："荼，苦菜也。"初音读若"徒"，东汉以下，音宅加(音歇)切，读若磋；六朝梁以下，始变读音。唐代陆羽《茶经》出现后，虽一律用了"茶"字，然而各类记载中，仍可见"荼"通"茶"。只不过此时，"荼"早就成了多音多义字。

这样看来，我就想到《茶经》里对茶的几种称谓：

> 茶者，南方之嘉木也，一尺二尺，乃至数十尺。其巴山峡川有两人合抱者，伐而掇之，其树如瓜芦，叶如栀子，花如白蔷薇，实如栟榈，叶如丁香，根如胡桃。其字或从草，或从木，或草木并。其名一曰茶，二曰槚，三曰蔎，四曰茗，五曰荈。

所谓"槚"，《说文解字》里解释是："槚，楸也。楸，梓也。"《埤雅》里说："楸梧早晚，故楸谓之秋。楸，美木也。"而"梓为百木长，故呼梓为木王"。那么，"槚"既然是楸、梓之类的美树，为什么又指茶呢？

原来古音"槚"字，有"假、古"两种读音，"古"音与"茶""苦荼"音近，加上茶是木本而非草本，同时，古人因地域方言发音不同，遂用"槚"（音古）来指茶。

如此看来，现代云南普洱茶等高大乔木茶树，似乎更接近古人说的"槚"了。

蔎，古指香草，汉代刘向的《九叹·愍命》里有"怀椒聊之蔎蔎兮"的句子。陆羽以其香喻茶。这也是今天的电脑里，简体都打不出来的一个字了。

茗与荈，从文献记载看，是区分茶叶采摘时间或是老叶嫩芽的称谓。《魏王花木志》里说："茶，叶似栀子，可煮为饮。其老叶谓之荈，嫩叶谓之茗。"晋代郭璞则注："今呼早采者为茶，晚采者为茗。"南朝梁人顾野王《玉篇》里记载："荈，茶叶老者。"综上所述，荈是指粗老茶叶，因而苦涩味较重，茗则是茶的嫩芽。所以《茶经》称："不甘而苦，荈也。"而"荈"字，单从发音和字所表达的意义看，也应该是地域方言中唯一对应的专指"茶"字。

如今，茶、槚、蔎、茗、荈，唯存"茗、茶"二字，与这两个字所表达的茶的意境和人们对茶的态度有关。茗，从古语上分析，"吴人称茗"与"嫩叶谓之茗"，有通"萌""葭"之意，就是嫩"芽"的意思，本意是茶树嫩芽。慢慢地，又因为字形"从艹从名"，形声字。于是人们认为，有"名"则表示名声，是"广为人知""众口皆碑"之意。则不管芽叶的"荈"与"茗"，香茗自然表示"广为人知的茶""众口皆碑的茶"。

茶，自从陆羽《茶经》里说"草木并"，使"茶"字减了一"横"，从此统称为茶。今天看来，这是中国文字中最美也最恰当的一个造字：人在草木间，便是一株茶。

茶颜

楓林紅透晚煙青
閒吟閒詠譜作棹歌
聲
夏燁

观色

看那时光封尘的茶器

春来落叶满地，仿若北国之秋，这是鹭岛独有的味道。

有人到了春天，总有些伤怀，比如"准拟今春乐事浓，依然枉却一东风"的杨万里，和"伤心桥下春波绿，曾是惊鸿照影来"的陆放翁。

有人逢春则喜，唱罢大江东去的苏子云："春宵一刻值千金，花有清香月有阴。"你看，春至，连忧国忧民的杜子美也会吟唱："晓看红湿处，花重锦官城。"

无论对春有何感怀，在南方，现代的都市人只会道那是闲得无聊。尽管住得比杜甫茅屋强，吃得也比陶潜好，但他们早就被生活抹掉了诗意。每一天，他们在冰冷的写字楼里忍受着各类文明病，只盼假日天好，可以出去晒晒太阳，免得绵长的雨天把自己闷出霉气。

而雨是不问人的心情的，它自顾痛快，噼里啪啦，_丝丝唰唰_。让人的骨头都透出酸痛。这个时候，即便是周末，也

"门外无人问落花，绿阴冉冉遍天涯"了。

避雨时闲翻阅旧茶书，思古人制茶烹茶煮茗，实不易也。

陆羽《茶经》中的茶之具篇，就列有制茶器具籝、灶、釜、甑、碓、规、承、襜、芘莉、棨、扑、焙、贯、棚、穿、育等，计十六种；烹茶品饮器具，则有风炉、筥、炭挝、火夹、鍑、交床、纸囊、碾、罗合、则、水方、漉水囊、瓢、竹筴、鹾簋、熟盂、碗、畚、札、涤方、滓方、巾、具列、都篮等，计二十四种。

至宋代，综合蔡襄的《茶录》和赵佶的《大观茶论》记载，简化到焙、笼、椎、钤、碾、盏、罗、筅、茶匙和汤瓶十种。"黄金碾畔绿尘飞，碧玉瓯中翠涛起。""兔毫连盏烹云液，能解红颜入醉乡。"爱茶之人，玉瓯金碾，兔毫盏、刻花汤瓶总是必备之物。

观色

杨万里有"笔床茶灶，瓦盆藤尊"之句，元代画家王冕则"酒壶茶具船上头，江山满眼随处游"。一副茶器，既含亲友情谊，又是陈列欣赏的艺术品，更寄寓了一个自由自在的天地。

明清时期废团茶后，直接用冲泡法饮茶，茶器也简化方便起来。或"撮细茗入茶瓯，以沸汤点之"，或"投茶于壶煎煮之"。而在简化过程中，明窗曲案，清谈闲吟，对茶壶和茶盏的要求，则更为精美、别致，成为十分典雅的工艺品。明代画家王问的《煮茶图》中，就可看到精美的竹炉、水瓮、火夹和造型优美的提梁壶。

按现代人的观点看，吃一杯茶需要那么多复杂的器具，除了麻烦，似乎也有些附庸风雅。但陆羽说，茶"最宜精行俭德之人"，因此吃茶用器，除了精行实俭的大匠气，还有上层建筑里文化概念中的精神意义。比如"自言山底住，长向月中耕"，比如"笑向权门客，应难见道流"。

陋室阳台茶桌上，常置一壶一盒一壶承，皆旧物。

天晴时，与朋友在此泡茶，这三件老茶器经常会成为谈论的话题。

壶与茶盒，都是好友谢泳先生所赠。自和谢泳兄相识，一直敬尊其为严谨而独立的学者师长。想不到他在常购旧书的同时，也爱逛逛古玩旧货市场，时时收些老器物，偶有所得，则兴奋如赤子，眉开眼笑地拿来与我欣赏交流。

两年前暑期，谢泳兄从山西返厦门，电话邀我喝茶赏玉。于是请兄一同去"大掌柜"茶店品铁观音。想不到落座之后，他先从布袋里取出一个瓷壶，说知道我嗜好饮茶和收些小玩意，碰巧看到这壶，便买来送我，并再三说明并不是值钱之物，让我却之不恭。

壶是提梁大牛盖桶瓷壶，缺了藤编或铁或铜制的提梁，壶面上有："味沁胸中，丙子秋月德化玉陶作"字样。面对此壶，我时常会去想象往昔一家茶馆里热闹非凡的场景。

茶盒亦是谢泳先生逛旧货市场时发现，他马上买下送我，如以往一样声明非值钱的宝贝，只是一玩。这正是谢泳兄的细腻与温润之处，应了老友云良兄所说的那一句话：
"谢泳兄有民国风范，时时温暖与润泽我们。"

此盒为木制大漆长方形。色棕，翻盖，阴阳鱼铜质盒钮
已坏。盖面图案为描金荷叶莲花，上面横字行书：安溪一等
铁观音。两边有竖排繁体字隶书，左为"商标莲花注册"，
右为"厦门可成茶庄"。

之后数日，询问众多在厦门的茶人茶客，估计为民国早
年之物，但皆不知出处矣。伊戈尔·科普托夫《物的文化传
记》里说："物的传记可使本来暧昧不明的东西浮现。"此
盒遗存，让我们至少知道曾经有这样一家辉煌的茶庄。

壶承，实是烧窑时的垫饼，是几年前中秋节时郑东先
生所赠。郑东兄为人低调、质朴，做事则极为认真。朋友相
坐，他常沉默少言，却是厦门有名的文物鉴定专家。此壶
承，朋友来观之，除侧缘上有郑兄亲笔所标"磁灶尾"三个
小楷毛笔字，不过一件扁扁圆圆的瓷土胚饼，实在不起眼。
但若讲出是唐代同安磁灶尾古窑址里的垫饼，则大家均会捧
起来看了又看——看完又笑。确实，此物比起众多古玩城里
造型精美、釉彩美丽的瓷器，真是显得太普通太一般了！

然而，唐朝时期的陶瓷技术刚开始，工匠烧窑都很认
真，垫饼的制作也很规范，许多垫饼都有向内弯的足圈，看
上去类似罐盖。此后的垫饼，就再也没有这样的了。郑东兄
曾对我说，此垫饼是厦门年代最早的陶瓷古窑遗物，距今至
少有1200年的历史。我每见此物，就会想起戴着眼镜、微皱

观色

眉头，捧举着一件器物仔细观察的郑东先生。

其实，能感怀于心的老茶器具，也往往并不是什么鸡缸杯一类的名物。它们都是经年累月里，由光亮惹人的崭新器具，慢慢沁入茶汤茶色，慢慢产生包浆润泽，也慢慢沁入了岁月的痕迹和人的记忆。就像我常常用来吃茶的那一把合欢壶，无论是掌握于手的把玩与摩挲，还是每日泡茶后的清理与擦拭，都凝聚着点滴岁月里过往的人与事。

佛说，万物皆有情。时光封尘中的老茶器，带着岁月积累的宁心静气，与茶、与我的那些朋友那么相合。这种情感落在茶壶里，隐在每一杯香茗的味道里，人、茶、器，就在相携老去的光阴中堆叠起一份难忘的珍惜。

閑觀詩書
待茶香 乙未年
歲末夏煌畫

壶中光阴

　　我喝茶多年，随着时光流转，也渐次收了一些紫砂壶。不过古玩鉴赏那类书上所介绍的名家壶，我似乎一把也没有。敝帚自珍的心爱之壶，倒是和一些人一些事紧密相连。

　　壶渐多，关于介绍、鉴赏壶的书也多起来，书中自然少不了介绍如何开壶、养壶，辨识紫砂泥料的种种方法。自己也记熟了书上的文字，仿佛专家般，见到初步对紫砂感兴趣的朋友，会一一教授如何开壶、如何养壶，何为段泥、何为天青，什么叫底槽清，还有紫玉金砂鉴别八法。

　　其实我心里明白，在这方面我懒得出奇——那些方法，我从不曾亲自实践。买壶买喜欢的，用壶用随性，只因总觉得物为人用，人怎可为物所累？

　　家里茶桌上常会放两把壶，一把大，一把小。大的是家中来客多时用，小的是一二人对谈品茗用。

　　大壶小壶，隔一段时间换两把用倒是有的。毕竟，慢慢知道壶天天入茶出汤，也会累呵！也得让它休息、换气、养神。这样，茶叶累积浸泡所展现的美好和惊喜，才能在逝去的岁月中，慢慢回报成润泽之光。

常用的大壶，有唐羽、井栏、供春，小壶常用朱泥石瓢和紫泥如意。

腹里乾坤大，壶中日月长。每一把壶，多多少少，都承载着个人记忆。

朱泥石瓢，上铭"绿芽光起玉瓯青"，另一侧刻有翠竹，何时所得已记不清了。此壶朱泥铺砂，虽小，却坚实大气。泡茶月旬，金砂点点，壶身油一般亮润，古雅美逸。

紫泥如意壶，入手圆润丰美，细腻如豆沙，上铭"宋颖小姐雅玩"，边款"千禧如意"四个字。乃是1999年底，陈先生夫妻托高先生特意去订制，送给我和妻子的礼物。后来大家一起吃饭，见到高先生，酒过三巡后，我说收藏紫砂壶的是我，遗憾壶上却没有我的名字。高先生大笑说，我和你老婆熟悉，和你没什么交情，不铭刻她的名字怎么说得过去？其实，他和我们两个都不算太熟。妻说好事成双，来一对吧。高先生哈哈一笑："姐说了，那就来一对！但得等一年！"

当时想，一年多漫长啊！可如今回首，似乎也就在弹指一挥间。

后来又有几次聚会，吃饭饮酒，却没提到壶的事。一年后，高先生离开了茶企，下汕头跑广州，嚷嚷着要发财，自己卖茶、卖壶、卖其他。两年后回来，呼朋唤友请高档的大餐，酒酣耳热时，我问他："兄弟，壶呢？"他呵呵笑，说："壶？急什么，我发了财，给你搞十把！"

高先生渐渐不回鹭岛，也渐渐没有了音信，朋友们渐渐忘了高先生。朋友间，似从未出现过高先生这个人。

十六年过去，这只如意千禧壶，被我粗心大意地养得满身茶痕，沉静而沧桑。但用湿布一擦，它却悠然放出乌紫光来，沉稳而绵长。我看到这只壶，总要摸摸它，想念起高兄。他真是一个好人，只是生活总有这样那样的坎坷，唯有祝福他一切安好如意。

书房中，有一栏书柜，里面专门放了九把壶，其中有一把古意梅桩大壶，从父亲手里传到我手上，已近三十年。但我从没用过它。

记得我少年时代，父亲常常出差。一次他从宜兴回来，带回一大一小两把壶，小的是鱼化龙壶，大的是梅桩壶。母亲一见到壶，就皱眉，直问父亲买这两把壶要花多少钱，父亲只是笑笑说不贵。母亲的眉头就皱得更加厉害。外婆听到母亲叨叨，就对父亲说，我看这小壶不错，瞧这龙头，还会动，舌头还会从嘴里吐出来呀，是给我买的礼物吧？

父亲忙说，对！大的那只，买来是为了家里来客人时泡茶喝。

渐渐地，小壶就拿在外婆手中不离，嘴对嘴，经常一个人自饮了。大壶，则始终收藏在橱柜的玻璃窗后，当装饰摆设。

那个时代家家都穷，客人来了，从筒子里抓一撮散碎茶叶，放到玻璃杯里，开水冲下去，已是很好的待遇，更多时候，是一杯开水待客。

后来，我南下到厦门读书，父亲摘下自己腕上的手表，连同那一直当装饰用的梅桩壶，一同送给我当作念大学的礼物。

闽南厦门，虽不产茶，茶店比米店多却是常态。我到此地以后，就改了过去用玻璃杯或搪瓷缸子，一把茶叶泡半天的习惯。鹭岛泡茶，不是德化盖碗，就是朱泥小壶，冲茶之后，点在更小的茶杯中饮。相对而言，那把大梅桩壶，实在太大。

后来，外婆去世，不离手的鱼化龙伴着她一同去了天国。再后来，父亲不论从面容还是背影上看，都已是垂垂老者。梅桩壶，依然静卧在我的柜子里，壶身上数朵淡绿的梅花，现出隐隐暗光。

观色

唐羽急须

　　家中原有唐羽两把。记得是我写《铁观音》一书的过程中，常去一家叫"安达"的茶店，有一天我和笑眯眯的男主人陈先生品茶赏壶，一眼看中了这一款紫泥调砂壶。想着一把来泡茶，一把当收藏。当然，两把一起买，也是出于价格优惠的考量。

　　唐羽之名，据说其构思源于唐代的羽觞壶。唐人饮茶的方式，是以煮茶与煎茶为主，茶投入壶，在火上文煮慢煎，因而壶柄直出而细长，似有羽翼飞升之感，故得名。这样看来，唐人煮茶、煎茶的壶，好像类似现在煎中药的药罐，只不过或许要小巧一些。

　　明清时期，紫砂兴盛，但存世的紫砂壶中极少见唐羽。大概是明清时期以来，茶改为沏泡法，煮水用锅或是铁壶，药罐就仅当药罐用，艺人们没有心思去考虑把这药罐儿，制成茶桌上一把精致的壶。

在日本古都东京，则常常可以看到唐羽壶。日本茶道，用壶一般分为两种，一是煮水用的大壶，铁制，名曰"汤沸"；一是泡茶用的小壶，左侧把，壶把和壶嘴之间多成九十度角，名曰"急须"。

据说，这种款式的壶是从福建一带对一种横柄壶"急烧仔"的称呼转化而来的。若翻开中国古代的茶诗，可见北宋福建茶人黄裳在《龙凤茶寄照觉禅师》诗里说："寄向仙庐引飞瀑，一簇蝇声急须腹。"由此可知，急须壶正在煮茶。

民国以来，潮汕红泥壶中常见唐羽，圆腹扁嘴侧把，又称"玉书碨"。配上潮汕炉、孟臣罐和若琛瓯，就是泡工夫茶的"四宝"。而"玉书碨"，则指专门放在潮汕炉上烧水用的壶。近现代，唐羽受到制壶艺人喜爱，各尽巧思，把小药罐制成或精美圆润，或大气质朴的紫砂佳品。这样，从煎茶到烧水，唐羽又转变成茶客们把玩、冲泡和珍藏的壶。

因为壶把直出于壶流右侧，唐羽又被许多人称为"侧把壶"。而我个人感觉，不论是"侧把壶"还是"急须壶"，听起来，都不及"唐羽"有文字的意境之美。中国的文字，经历朝历代文字狱，有许多话语越发显得粗劣、强悍，简单粗暴到无理无味的地步，抑制了人类对美的天然追求和想象力。粗略想象一下，如果把唐羽叫"侧把壶"，石瓢壶、合欢壶、如意壶、西施壶、梅桩壶等，或叫"弯把壶""方壶""圆壶""花壶"，千姿百态的紫砂壶，该少了多少韵味风姿？

归家后，我马上拿了一只煮茶开壶。润养冲泡了三个月，仍是乌突突没有半点光泽。我心想，难不成看错了，这不是紫砂，而是乌瓦？于是我忍不住勤拂拭、常常擦，再泡，任你心焦神虑，壶依旧是安然如故。半年后，我便将壶束之高阁了。

慢慢地，《铁观音》的文字，从电脑里转移成了铅字。安达茶店也换了地方，从小小的门脸店铺，变成挂着大匾的"安达茶行"。去送书那天，陈先生的脸比以前更白润了。他依旧笑眯眯地泡茶，不经意间说到唐羽的制作者时说："他升工艺师了。"于是我又想起了放在柜橱里面那只乌突突的壶。

回家将两把壶同时取出来对比看，没用过的依然是崭新的，用过的则暗淡下去，似经历了多年沧桑，沉沉地泛出老旧之气。

我心有不甘，把这旧唐羽替换了桌子上正被茶滋润得红亮艳丽、细如滑脂的大红袍壶，继续来养！数月之后，眯眼细看，壶身上那些细砂，照旧隐在黑紫的泥中，泛不出一点金光。这期间，朱砂石瓢，段泥汉扁，一个个被清香的铁观音、醇厚的武夷水仙养得温润发亮！

"宋江还是宋江，吴用就是无用！"这是少年时同伴讲《水浒传》常用的一句话，似乎正好是这把壶的注解。算了，用清水洗净，用茶巾擦干，阴凉尽内壁的余水，收回柜中吧。

寒夜來

客茶當酒

夏烽妙塔

　　隔月，有友来访，品茗泡茶，眼观我的茶壶，笑嘻嘻地张口说道："可否欣赏一下你的藏壶？"于是我们一起去书房看柜子里的紫砂。一把一把取出又放入，拿出唐羽时，朋友用手指擦擦上面的浮尘，吹口气，又擦一下，放在桌上说："不错啊，紫玉金砂！"

　　是吗？我取了壶来看，竟然从乌黑中透出一点点的黛光，隐隐映出细米色砂点。哦，是不错，就是不好养，都好几年了。我说。

　　那送我吧？朋友眼中放光。

　　不送，我说。

　　小气啊！他说着，捧着壶如捧心爱的女人。

　　拗不过他再三要求并保证：改天我拿把好的来送你！我只好把另一只装在锦盒里的新壶送他，并叮嘱急性子的他要慢慢养，壶才会出光。

　　朋友走后我想，这壶，不一直是乌突突的嘛！怎么今天就变样子了？拿出来重新冲洗干净了泡茶，来看看是否还会再变化！

　　这一回后，我找到了规律：每泡半个月，就洗净放入柜中休养几天。让它在茶水中慢慢浸润，在岁月中耐心静养。一天天积累，一日日前进，终于，墨玉一般的润光，越来越快地从壶壁里沁出。

　　如今，曾在我心里食之无味、弃之可惜的唐羽，不论何时，都显露着沉稳深邃而又悠久的黛光，在匀整的光泽中，点点金砂，或突出于壶表，或暗沉于其中，细观如夜空群星，粗看似金镶墨玉，倒成了众多壶中最让人称奇的一把。

　　好壶！它告诉我，人生，有时候需要慢一点，再慢一点，耐心并抱有希望地继续前行，奇迹或许就会在第二天太阳升起时出现。

紫玉金砂

　　爱茶人都会有一两把自珍自得的紫砂壶。

　　一杯上好的茶水，除了茶叶、水质有着重要影响外，茶具也是不可或缺的一部分。其中，紫砂壶可以说是在当代泡茶工具中力拔头筹，成为人们争相追捧的泡茶上品。北宋时期梅尧臣诗云："小石冷泉留早味，紫泥新品泛春华。"这讲的就是用紫砂陶壶烹茶后的茶味精华。

　　北方朋友来厦门，很多人用不惯德化的白瓷盖碗来冲泡工夫茶。究其原因，一是杯小茶少，急不可耐，二是掌握不好会烫手指。那么，用一只有把有流的壶来冲泡茶叶，就容易且方便了。

　　三两个朋友，不论铁观音还是大红袍，配朱泥小孟臣，子冶小石瓢，品茗观壶清谈，美雅赏俱全；若是五六人群聚，则或用大提梁，或者紫玉井栏大传炉，岩茶、普洱放入，茗醇壶朴，亦不劳泡茶者辛苦冲点。

由于宜兴紫砂陶泥原料的特殊性，紫砂壶能发出茶之色、香、味，有泡茶不走味、储茶不变色、盛暑茶不易馊的优良实用功能，首先成为近代极为实用的饮茶注器。其次是好看。高、矮、瘦、壮造型各异，或圆润或古拙，或玲珑或大气，"温润如君子，豪迈如丈夫，丽娴如佳人，飘逸如仙子"，其形态上各有各的审美价值。另外，明清时期之后，饮茶方式改变，烹茶、煎茶变成了冲泡，茶客们对壶的要求也越来越高。多年来历代制壶大师精研细作，从供春的树瘿壶开始，大彬僧帽壶，鸣远东陵瓜，万泉竹节，曼生瓦当，到近代顾景舟、朱可心等大师作品，每一把壶都独具匠心，使紫砂壶的艺术性和实用性达到了完美结合，紫砂壶更显珍贵，令人回味。名家大师的作品往往一壶难求，有"人间珠宝何足取，宜兴紫砂最要得"的美誉。

紫砂壶之形，是存世各类器皿中最多彩丰富的，素有"方非一式，圆不一相"之誉。虽然每个制壶名家都有自己的风格和特色，但大体上，壶形可以分为素色、浮雕和筋纹三种类型，即行内人所说的光货、花货、筋瓢货。

光货，就是几何形体为主，以自然淳朴、简练高雅取胜。根据点、线、面三要素，设计制作成各式圆柱体、圆球体、方体等几何立体茶具，用简洁的形态来表达壶的生命力。紫砂素壶，追求稳、圆、正、气、韵，虽没有华丽的外表，却以朴素的形态和简洁明快的线条，展示出独特的造型力量和高雅脱俗的魅力。朱泥孟臣是为代表。

花货，则是由紫砂壶艺人把自然界的天然形态经过创意设计，用浮雕、半浮雕等造型手段，装饰设计成仿生形象的茶壶。如供春树瘿壶、南瓜壶、束柴壶、三友壶、鱼化龙壶等，均是花货造型的代表品种。花货壶是艺术性的提炼取舍，在符合功能和使用安全的实用前提下，表现天然形态之美，深受广大爱好者喜欢。

筋纹壶，俗称筋瓢货，其造型理念主要是依照植物瓜果、花瓣的筋瓢和纹理，进行提炼加工创作，也是紫砂壶造型艺术中具有代表性、形制丰富、影响较大的门类之一。筋纹成壶，纹理组织均衡规整，线条明快顺畅，具有强烈的节奏韵律美。瓜棱、菱花、菊形、葵式为常见形式。名壶有李茂林的菊花八瓣壶、时鹏的水仙花瓣壶等。

明末时期，周高起《阳羡茗壶系》里说："壶入用久，涤拭日加，自发暗然之光，入手可鉴。"紫砂壶古朴醇厚，"黝若钟鼎，灿烂琬琰"，无黄金珠宝之媚俗，有怀玉在心之美意，明清时期以来，成为茶人和收藏家养心怡情的宝物。

观色

茗杯小述

喝茶，除了泡茶用的茶壶、盖碗，必须有茶杯。

在北方，家里来客人时，主人常是取茶叶分入玻璃杯或一套瓷杯中，把烧好的开水冲下，来客人手一杯，谈天说地一小时，续水不过二三次。此时，上茶是礼，谈话为要，品茶次之。

即便是江浙等产茶胜地，若是到景点茶楼，比如杭州西子湖畔、南京秦淮河边，不论龙井、碧螺春，一般也是拿玻璃杯盛了茶叶，一壶开水冲泡了来喝。此时，似是赏景、歇脚为主，泡茶次之。这样的吃茶方法，总让闽南、潮汕等地茶人感觉太随意了。

闽地的老茶客，往往身体力行两句话："茶随人走"与"杯随人走"。

"茶随人走"的表现特别突出：茶客们不论去哪里，口袋或背包里总要带几泡自己喜欢的茶。即便是萍水相逢，只要茶一开泡，遇上了有同好的茶人，闻香品韵，对每泡茶点评出一两点共同的话题，往往一次偶遇，今后就成了好朋友。所以除了以茶会友之外，另有"以茶交友"之说。如果异地出差，则更要算好时间，带上足量的茶和旅行茶具。

"杯随人走"则在近几年慢慢增多。

有茶店茶馆举行茗会，邀约而去的茶客，往往坐下之后，会从包里取出自己的专用杯。还有的朋友，因为要品不同的茶，会变戏法般从包中取出不同的杯子，或高或矮，圆、扁、花、棱，各有玲珑。

麻烦吗？品茶还怕麻烦？那去买瓶饮料喝好了！——对爱茶又有"杯子控"的人来说，"麻烦"一词不在他们的字典里。

当然，杯子一般都有专门的杯囊包裹。杯囊里有衬，夹有海绵或各类软棉，外观或锦绣缎绒富贵亮丽，或棉麻葛巾古朴淡雅。系口的绳带，有红、绿、褐、紫各色，上穿木珠，高级的用玉石玛瑙珠，也是一件精美的工艺品。

这样的锦囊里掏出的虽不是妙计，但那只茶杯，也足令人期待。

中国是瓷器之国，陆羽《茶经·四之器》中，就列有名窑七处：邢、越、洪、寿、婺、鼎、岳七州之窑瓷。到现代留传下来最出名的，似乎是一只越窑青釉碗。这只茶碗，按古人的形制来说，应该叫瓯，有杯有托，可合可分，为唐代五瓣荷花瓯。带托之碗，并非始于唐代。北齐年间，有画家杨子华绘《校书图》，画中就出现了有托的茶瓯。

至宋代，则出现了如雷贯耳的钧、汝、官、定、哥五大名窑。陶瓷陶瓷，陶先瓷后。据考证，宋代以前，我国烧制的器皿，不论实用还是观赏，大多还是陶器。到了宋代，瓷则有了飞跃的发展，制作工艺之精湛，造型之多变，釉色之缤纷，都达到一个崭新的高度。现代人熟知的景德镇、德化窑和潮州瓷，则是明清时期以后的事。

茶杯，除了青白瓷釉彩手绘，还有柴烧杯。

柴烧可以说是一种古老的技艺。凡利用薪柴为燃料，烧成的陶瓷制品，都可称之为柴烧，分上釉与不上釉两大类，成败取决于火、土、柴、窑之间的关系。

过去烧柴窑时必须要罩住瓷胎，将木灰与火隔离，避免直接接触来保持作品釉色一致。自然不可控系数大，烧窑难度高。如果在釉面上落了灰迹，或在胎体上走了火痕，就成了瑕疵品。

现在，由于制瓷、烧制技术早已成熟，"罩胎法"已被抛弃。一种质朴、浑厚、古拙与自然之美的"烧制观"盛行，作品追求灰烬与土的自然结合，火与釉色的完美窑变。

鹭岛有各类小茶会。我常常看到年轻的美女帅哥，凑在一起摆茶席，掏出五花八门的柴窑杯来比拼。但是，并非放进柴窑之后，烧出来的东西都是好料啊！质朴不等于粗劣，浑厚不等于笨重，古拙不等于怪异。

购买与收藏柴窑杯，实在是需要有一点基本的美学艺术

观色

修养。

如今，柴烧杯再度在大陆流行，这是海峡两岸交流频繁的结果。台湾地区许多陶瓷艺术家，在台北地区的莺歌，都有自己的制陶工作室。烧制的柴烧杯，可隐约看出和风的影响。而日本茶道里的许多名器茶碗，大多还是陶制的，且和知名的茶人相关。非常著名的"织部窑""志野窑"茶碗，就是在知名茶人的直接指导下，由能工巧匠生产出来。其形制与工艺方法，又源自我国的唐宋时期。

这样几百年绕一大圈后，至少让我们明白一个小道理：文化和艺术，肯定是以开放和多多交流为主。至于其他方面，则仁者见仁，智者见智吧。

有宋一代，除五大名窑出产茶杯，还有一种茶具，特为珍贵。

景阳冈上打虎英雄武二郎，是先喝了十八碗"三碗不过冈"，方才上山打虎。他端起的那酒碗，黑釉露陶胎，形似斗笠，大为碗，小一些的，则叫盏。盏在有宋一代很普遍，用于油灯，则为灯盏；用于水酒，则为酒盏；盛醋、盛盐、盛调料……但如是专用来斗茶、分茶，产自福建建阳水吉的一种盏，那可是大名鼎鼎！其名曰兔毫盏。

此盏的光辉历程，我下次再述。现在，喝茶去。

瓯里春秋

宋代欧阳修有品茶诗云："喜共紫瓯吟且酌，羡君潇洒有余情。"这里的紫瓯，有人说是紫砂壶，有人讲是紫砂杯。那么，瓯到底是什么呢？

《说文》里解释："瓯，小盆也。"《南齐书·谢超宗传》记："超宗既坐，饮酒数瓯。"由此可见，瓯是中国古代一种形为敞口小碗式的饮器，用于盛酒或茶，而非壶。

早期的茶瓯，比较受欢迎的是越瓯，产自浙江温州一带。无论是浙东还是浙东南，在西晋时期都是瓷器的主要产地，所产以青瓷为主。唐朝陆羽的《茶经》，从茶瓯与茶色的关系出发，解释了推崇越州青瓷茶具的原因：唐人推煎茶法，所以茶汤的颜色偏黄，如果用白瓷、黄瓷、褐色瓷器盛茶汤，就呈现出红、紫、黑等不好的视觉效果，而青瓷瓯盛茶，颜色发绿，赏心悦目。

唐朝喝茶用的杯碗，被称为"茶瓯"，在文字中出现的频率远高于茶碗，是当时最为典型的茶具之一。唐之诗人，也用美妙的诗文记录了茶瓯。如岑参在《暮秋会严京兆后厅竹斋》中有"瓯香茶色嫩，窗冷竹声干"之句，姚合在《杏溪十首·杏水》中有"我来持茗瓯，日屡此来尝"之言。其中以白居易留下的茶瓯诗为多："泉憩茶数瓯，岚行酒一酌"；"烟香封药灶，泉冷洗茶瓯"；"客迎携酒榼，僧待置茶瓯"；"命师相伴食，斋罢一瓯茶"；等等。

从出土实物的形制来看，瓯一般是高圈足向外卷撇，圆弧腹起直薄壁，口沿略向外撇，另外常见的是茶碗花口，造型宛如五瓣张开的花朵。其主要特点有二：一是高圈撇足。据说是利于使用者用虎口指持握，方便手持杯子在宴会上走动，与人交谈、敬饮。二是沿宽底浅。口径大，高度矮。据说是方便手持着冲茶汤或斟酒对饮。

我曾经去瓷都景德镇，除购买了两只粉彩碗盛粥之外，还带回四只手绘青花茶杯。如果按照古人所说形制，无疑应该叫"瓯"。用虎口与手指试握，可以，但说要一手持了冲茶，比起高足杯来，似乎也不大方便。但唐时期的瓯，一般口径在11厘米至16厘米，这样用来握及冲茶，或许刚好吧。

这种杯形，如今用来观汤色，可见绿茶之碧、白茶之纯，乌龙茶汤如琥珀润亮，红茶汤似红酒酽滟，但口腹扁阔，茶水易冷，茶香易散。如要闻香品味，还是杯形茶器为佳。另外，如今的茶瓯形制，似以欣赏碗内精湛画工为要，观赏茶色远在其次。

　　唐代以后，煎茶法慢慢式微，斗茶和点茶流行，茶汤尚白色，以汤似"冷面粥"为佳。这个时期，凡是点茶，茶碗皆以黑、紫、褐、黄为上。按蔡襄《茶录》里说的，"茶色白，宜黑盏，建安所造者，绀黑纹如兔毫，其坯微厚，燔之久热难冷，最为要用，出他处者皆不及也。"此时，碗和瓯，在文字记载中常可见，但瓯的形制开始变化，扁腹向上伸展，口沿缩小，向着碗和盏的样式靠近。这样看来，欧阳修诗中的"紫瓯"，更有可能指兔毫盏。

　　明清时期，由于饮茶方式的巨大变革，不仅将茶盏、茶托二器合一，器型上也比历朝历代小巧，因为茶叶改直接冲泡法，釉色则由黑、褐、黄、绿转变为白瓷，以观各种茶水的汤色。饮茶所用的碗、瓯、盏，也开始被称为"茶杯"，一直沿袭至今。

　　茶有语，器有法，啜过始知真味永。不论瓯盏碗杯，从古到今如何变迁称呼和形制，茶杯总出现在我们的生活中，一方面见证了时代的变迁和人类社会的发展，另一方面丰富了我们的精神生活。

观色

观盏小记

记忆中，是2002年1月，我与朋友逛书店，买到一册茶书。书中有图，图中画有碗，碗名曰：建窑黑釉兔毫盏。

照片中的两只盏，敞口圈足，观之胚厚、高古。底足露胎，碗底挂釉，釉色黛黑欲滴，碗面绀青润泽，里面突显出棕黄色细密毛毫一般的流纹，闪闪熠动。正是蔡襄"兔毫紫瓯新，蟹眼青泉煮"诗句里的兔毫盏。

当年的我，确实被画面中精美的细流纹毫所迷醉。细看文字介绍，此盏出古建窑，乃宋代出土文物，口径分别在10.5厘米和11.9厘米，现保存于福建建阳区博物馆。建窑自宋代兴盛，元代以后没落，盏以兔毫、油滴、鹧鸪斑闻名，主体形状分敞、撇、敛、束四种口型。

既是古董，我等读书人哪有那些银子买一只来赏玩？能看到图片，赞叹过，也就是福了。

这样想着，一晃过去三年。

三年中机缘巧合，在厦门熟识了不少茶人。没事的时候，常去他们的茶店里品茶话仙——"话仙"是闽南话，意思就是聊天、闲侃、吹牛皮。偶尔看着喝茶的杯子，会想想书里面那只盏。

三年后，依稀记得有一天，阳光明媚，我写完手头文稿，为舒活筋骨，出门到团结大厦附近一茶馆闲坐。步行在路上，见一小店，门窄，檐矮，玻璃窗外一古老饮马石槽，槽上一丛碧竹摇曳出上方原木色门匾，上书"原色"二字。我感觉颇有意思，冒昧推门而入。

店不大，三两客刚好，五六人则多。桌案柜椅皆老物件，古朴典雅，陈设的茶器摆件静美雅致。女主一人独坐观书，素衣麻纱，手带串珠。见我进来，她笑盈盈招呼坐下，取一只黑釉碗，冲泡永春佛手来喝。叨问了主人姓名，品茶一聊，厦门小，倒也聊出一两个共同相识的朋友。

竹影斑驳入窗，几只盏，静幽地陈列在古雅的柜橱里。我请黄女士取出观赏，一只口径10.5厘米的油滴盏吸引了我的目光。此盏油滴斑斓，如星云，似鱼鳞，光下彩斑灿烂，釉光流动，美而沉静。

"这是李先生的作品，你喜欢，我给你打个折。"主人笑说。

打折之后，价格依然不菲。我犹豫再三，无奈囊中羞涩，放下了那只盏。

这以后，我和男女主人曾先生、黄女士成了熟人。我时不时会去"原色"一坐，在散漫与舒适的环境中，聊聊茶、谈谈天，也观一观盏。

关于建盏，查一下茶史茶书与诗文，在宋代出现得特别多且富有传奇。个中原因，我猜测，应该和宋徽宗赵佶有很大关系。

赵家人中有两大才子，一个是赵孟頫，书画史上"元四家"之一，赵氏皇族后裔，后来投降了元朝。另一个就是徽宗赵佶。他是古代少有的艺术天才与全才，"六艺"皆通，除了是书画大家，还是"国足"（蹴鞠）队长与茶艺专家。他亲自撰写了中国经典茶书之一《大观茶论》，多次为臣下点茶，据说他可以在建盏中分茶分出莲花图案。他在《大观茶论》中曾经这样论盏："盏色贵青黑，玉毫条达者为上。"

观
色

所谓"上有好，下必效"，宋代从朝堂到民间，斗茶风靡一时。"忽惊午盏兔毛斑，打作春瓮鹅儿酒"，"毫盏雪涛驱滞思，篆盘云缕洗尘襟"，从苏东坡到陆放翁，也都不吝诗句赞颂此盏。

旬月后，得一笔文案策划款，于是再访"原色"。曾先生正在用一柴烧壶煮普洱，壶朴茶香。先生短发，凤眼蚕眉，若蓄了长髯，如三国时的关二爷。他性情敦良温厚，对时光尘封中的一切老旧物件都感兴趣，曾携我一同去漳州寻看古器珍玩。

店里的木架上，又多出许多盏，都是现代制盏名家所作。有兔毫，有油滴，釉色分黄、蓝、红、褐、紫。民国年间的柜子里，依然放着李先生的那只油滴盏。

问一下价格。曾先生放下茶壶，摇摇头："乱啊！大家都提价，现在一般要这个数。"说着用手比出一个"七"来。

唉！真的又贵出许多了。我也摇摇头。

那天，我买了两只曾先生从日本带回的茶碗。李先生的油滴盏，则真是与我无缘。

后来，曾先生从日本进了许多柴烧茶器。而盏则渐渐退出"原色"原有的主要阵地。"原色"的店面，几年后也搬移到故宫路去了，散漫与朴拙中依然低调而雅致，处处弥漫着古国原有的阴翳之美。

再后来，几个认识的朋友都开店卖盏。黄兔、蓝兔，虹彩、天目，枯叶、柿红，蓝油滴、金油滴，各类盏争奇斗艳。

有更多的烧窑艺人开窑烧盏了。微信朋友圈中，时常看到相识不相识的人晒盏。

如今，我再也没有当年初次看到兔毫盏图片时，那种心动不已的感觉。范仲淹《和章岷从事斗茶歌》里说的"黄金碾畔绿尘飞，紫玉瓯心雪涛起"，也只能在历史烟云里遥望。

書卷多情似故人閒
煮清茗別有
春美歲末
夏烽

盏中斑斓

家中有茶杯近百只。并非是我曾开过茶店，而是爱喝茶惹的祸。就像爱书之人，总有想把天下藏书收入自己囊中的癖好。

书卷质柔不怕掉落，陶瓷质坚而易损碎。夫人知道我粗心随性，常把我说的较好的茶器，一律收入柜中。柜里有建盏一只，口径12.5厘米的虹彩盏，束口、圈足，养用之后，斑斓闪烁，熠熠生辉。偶尔取出来观玩喝茶，不论兴致与心情好坏，在一碗流光中，便把一切抛为云烟。

"盏"字本意为器皿，古时盛装液体的日常器具。一般由陶、瓷、木、竹或金属等制成，常用物品如茶盏、油盏、灯盏。如今时代发展，这些近百年来家中的日常用具已经退出当代都市生活。我在一朋友家里，曾见到一只圆脚带把双枝油灯盏，铜质，制作工艺精美，被当作古董艺术品摆放在入门玄关。

茶盏，是饮茶专用茶具，据考证，晋时已有制作。南北朝后，饮茶逐渐流行，常以瓯、碗为名。宋时文人治国，极为崇尚茶具的精美。有钧窑、汝窑闻名天下，茶碗釉色丰富，青、白，天青、胭红各有珍品。但因斗茶、分茶游戏盛行，茶汤色尚白，黑、紫、黄、褐色的茶碗一时风靡，如吉州窑黑釉枯叶盏和耀州窑青黄釉莲花纹盏。它的基本器型为敞口小足、斜壁、露胎，比饭碗小，比酒杯大。有宋一代，"茶盏"是最为普遍的说法，但"茶瓯""茶碗"依然继续沿用，并在文字记载里可见。

宋人推崇建盏。蔡襄的《茶录》里，就对建盏的功用和独特地位有充分的肯定："外枯而中膏，似淡而实美。"据说，当时一只建盏的价值可抵绢千匹。众多的文人墨客，也都曾赋诗以赞，例如"建安瓷碗鹧鸪斑""松风鸣雷兔毫霜""鹧鸪斑中吸春露"等。建盏釉面，常见的有油滴、兔毫、柿红等不同风格。油滴的釉面多数为边缘界限清晰的不规则结晶，斑纹在光照下炫目生辉；兔毫则多为流纹毫状放射结晶。到现存遗址看，建窑规模很大，现存底款残片可见"供御""進琖（进盏）""寶（宝）"等字款。有学者据此考证建窑为宋代贡窑或御窑。但到了元朝以后，建盏烧制的技艺就慢慢失传并最终中断，这和后来饮茶方式的改变有极大关系。

国宝级的曜变鹧鸪斑，今藏存于日本东京静嘉堂，据说是宋代日本僧人从浙江带回去的茶碗，盏里青云堆映，九天

观色

之下星辉粲然。想来是很有意思的事——我们自己生产出来的宝贝，倒是被另一国度珍藏传世。

如同最早研究中国明式家具的是德国人艾克一样，近代最早研究建盏文化的，亦是一位外国人。二十世纪二十年代开始，美国人J. M. 普鲁玛就实地考察了水吉镇建窑遗址，运走大批古建盏并出版《建窑研究》一书。因此，除日本外，美国许多著名博物馆也收藏有古建盏。

二十世纪七八十年代，我国开始重新复制"建盏工艺"。到九十年代初，先后将仿宋兔毫、油滴和鹧鸪斑烧制成功。二十一世纪到来之后，特别是近几年来，随着越来越多的爱好者赏玩建盏，建盏的烧制技术快速发展，市场上的产品釉彩丰富，样式繁多。

我个人以为，从某种程度上讲，"跟风"生产肯定会损害产品的艺术性，也极有可能使大量平庸的文化商品充斥市场；但另一方面，则丰富了产品的商品属性，使越来越多的人可以用合理的价格，买到自己喜欢的东西。至于艺术品的人文内涵和精神，也只能在悠久的时光中慢慢沉淀和淘洗。

这样说来，我就又想起五年前买的那一只虹彩大盏。

2011年7月，艳阳高照，南平地区热而闷湿。我与朋友先乘火车至福州，后搭巴士去建瓯，奔水吉古镇探建盏遗址。之后返南平，一起去拜访制盏名师孙建兴先生的工作室。

孙先生工作室和大多数陶瓷艺术家的工作室一样，凌乱中颇有自己熟悉的程式。先生善谈，讲起建窑和建盏滔滔不绝，积三十多年的研究制作经验，自诩南平之陶土，观一眼而知其产地。朋友卖茶兼卖盏，从先生处进货数十，有兔毫、油滴、天目，乃至枯叶、柿红。我自然也不想入宝山而空手，遂请先生拿佳作让我们开眼。

不想孙先生对自己的得意之作，捂藏甚严。他踌躇有时，方起身独去里间一室，取三只大盏出来给我们欣赏，其中，就有我买的这只虹彩大盏。

此盏置于桌上，古朴而沉静，似乎比另外两只拙淡，但静心细看，则仿如进入一个深邃的星云世界。上手浑厚沉实，温暖圆润，茶汤一入，虹彩绚丽，金光闪烁。以宋代制式来说，此盏应是斗茶、分茶专用盏，茶膏打好之后，用茶匙分舀到小瓯来饮。陆游诗里"墨试小螺看斗砚，茶分细乳玩毫杯"，说的就是这个意思。

终于谈妥价格，入盒装包。至夜，左思右想，盏还是要买一对为佳。第二天再找先生，摇头说仅此一只，仅此一只了！

一只就一只吧！再说了，我本身所带银子也不足。银子不足，无论做什么，都会有些遗憾。比如，曾经见到的整堆郑孝胥手稿；比如，一尊名家塑的观音瓷像；比如……但人生不就是如此吗？遗憾，有时也是一种美吧！

不久之后，朋友慢城兄去孙先生家，用手机拍了一只虹彩盏的照片发给我看。嘿！分明和我所买的款式形状一致！我马上电话过去说，兄弟，你帮我买下来。

观色

他说，涨价了，很贵！要买，你自己上来谈。

才多久啊！

他说，反正涨价了。你算是文化名人，孙先生比较重视文化人，你上来自己谈，我没办法。

买盏就买盏，干吗一定要跑上去一趟呢？

这老先生，也真是好玩！

经年过去，听说孙先生又获得许多奖状及头衔，听说孙先生还在武夷山建馆了，听说先生还像以前那般精力充沛，侃侃而谈。

时光永远是个不知疲倦奔跑的少年，我的头发已悄然出现白丝。柜子中那只盏，依旧沉稳厚实，淡然中散出虹彩来。

观色

茶宠——手边的温暖

　　我常约一些爱茶爱书的朋友来家品茗，男人们大多喜欢用外观统一的白瓷斗笠杯，女士则爱用那些形状和色彩各不相同的瓯盏。于是，茶桌上总要备放十几只杯子，原先也总有一两件小茶宠陪伴它们。

　　"茶宠"，顾名思义就是用茶汤滋养的宠物。泡茶时用茶水直接淋漓，日久年长，则温润可人，茶香四溢。其材质常用紫砂、澄泥，一般不用瓷制或上釉。陶制品上釉，则难再用茶水滋养出包浆和柔润如玉的质感。

　　常见茶宠有金蟾、貔貅、辟邪，有莲蓬、佛手、如意，有弥勒、济公、童子，皆寓意招财进宝、吉祥如意。

　　所有的招财动物，据我观察，都是没有屁眼只有嘴。这决定了它们吃东西只进不出，所谓"财源广进，滴水不漏"——我以为如此并非是一种幸福。人吃美食，只进不出，必然腹胀如鼓，肠爆肚裂。就是那花花绿绿的票子，如果只进不出，如抠门老头葛朗台，或灯草未息则死不瞑目的严监生，没有了人生的趣味，只徒增笑柄罢了。

现代社会的快速发展，一方面带来物质产品的极大丰富，另一方面则令人倍感孤独寂寞，于是很多人养起了宠物。我住的小区，庭院里景观优美，花木葳蕤。可葳蕤中常遗有一坨黄绿狗屎，实令眼见者嫌。更有众多流浪猫，把小区院子当作自己的王国，发情之夜，惨烈的猫叫声此起彼伏。

所谓"宠"，当在爱之上。真宠狗的人，自是在遛狗之时，备铲袋之类相随，准备好将自家"儿子"的粪便清理干净。而猫，本身是自由的动物，不管人如何娇宠，它可不会给你想要的回报。既然买了猫来当宠物，就该善待如始。倘若新鲜劲一过，嫌烦弃之，只能说明主人的自私与无情。

宠物，都是我们琐碎而漫长的生活中，身边的温暖和心中的寄慰。就我所知，茶客们对茶宠，可真是做到了不离不弃，宠爱有加。

无论茶馆、茶店，或是茶友家里，都有一张茶桌，茶盘上除了壶、杯等茶具，一般皆会摆上几个茶宠。茶宠样式各异，有的寓意吉祥，有的趣味童真，搞笑逗乐或文韵悠然，全凭主人喜好。

养茶宠之趣，在于日复一日的亲身参与。不管造型繁复与简单，亦不论价格高低贵贱，一只令人赞叹的茶宠，全靠主人后天的悉心爱养。泡茶时，有的人还准备了茶笔、茶巾，一面用茶水轻轻浇淋，一面用笔浸了茶汤仔细涂抹、用巾布来缓缓摩挲擦揉。费去了时间工夫和爱心，年长日久，它就会滋养出茶色，变得温润、幽香，充满生命的灵动。这就和爱花的人育花一样，浇水、施肥，翻盆、修枝，事无巨细，耐心等到一枝花蕾绽放，那一刻的欣慰与开怀，千金难买。

好材质与好工艺的茶宠，虽然价格不低，比起紫砂壶来却便宜许多。同时，选购它不必担心真伪，也不计较是否出自名家，全靠今后自己润养。因此，多年前我也曾买些来一起"吃茶"。有朋友喜欢，则偶有赠送。当然也会有自己心里微痛的时候，但想想"挑掉一茎"的严监生，倒不如赠人玫瑰，手有余香。

路遥知马力，和我们平日里待人接物一样，平和、真诚，耐心、安然，与茶宠日久生情，它才会在岁月的时光里渐渐焕然出令人惊奇的新生，这新生是茶主人耐心与挚爱的结果。

现在手中所剩茶宠不多，一件是童子胖乎乎的小脚丫，上面伏一喜蛛，腿足纤细，栩栩如生，自是寓意"知足常乐"的；另一件则是竹上蝉鸣，眼睛乌亮如活，翅翼筋文发光。因为茶盘上杯盏颇多，皆被我当作镇纸用。

青春年少，对一切都兴趣盎然。家中乱七八糟的小玩意实在是多。如今倒常想着一切以简单为好，简单平淡如文体里传统的散文。不需浓辞艳饰的"文化大散文"，不需引人耳目的"标题党文字"，江枫渔火，闲情偶寄，甚好。

一壶秋

襄煒

再饮三盏
听他摆龙门阵

观色

　　一个自由职业者，虽然也一样是忙忙碌碌，但总是比较方便安排自己的时间。比如出门行走，绝不会选在节假日和写字楼中的上班族挤在一起出行。

　　我到了异地，除了看景访古，也总要去寻觅一家茶楼坐坐。要是时间充裕，一个下午泡在茶馆中也非常理想。遇到有趣的人或事，固佳；就是一人独处，翻翻书，思思旧，想一想此城的掌故旧闻，也好。

　　"暖风熏得游人醉，直把杭州作汴州。"杭州，应该是自宋代以来最著名的"茶都"。茶馆遍布吴山与西子湖畔。但我以为在西湖边的茶楼泡茶，是有些愚蠢且奢侈的事。茶楼里往往是游人多、声喧杂、茶叶贵，龙井80元至120元一杯，宰你没商量。而楼外，风景好，传说故事美，不缓步走走白堤、苏堤和断桥，或看看白娘子一样的妙人，多可惜！

当然，前提是人要少。

若是真想入茶馆泡茶，梅家坞的茶亭子和鸡冠垅下的九溪茶铺，倒是可以一坐。这两处地方，人少静幽。

蝶庵居士也曾说："九溪在烟霞岭西，龙井山南。其水屈曲洄环，九折而出，故称九溪。其地径路崎岖，草木蔚秀，人烟旷绝，幽阒静悄，别有天地，自非人间。"多年前我穷游此地，在山间一茶亭稍歇，向卖茶的大婶讨一盖碗最便宜的嫩绿，于唇间苦涩中，看斜阳穿透簌簌绿叶，把斑驳印在山间小路上，微风习习，一扫旅途中的疲劳与倦怠，畅然。经年之后，不知情况是否改变？

成都的茶肆则和杭州茶楼不同，这个城市似乎永远沐浴在懒洋洋的日光和软绵绵的细雨中。但城中的茶馆永远热闹非凡，一直有着烟火气。

"坐茶馆"是成都人的特别嗜好。因此成都的茶馆，永远是把本地市民排在第一位的。闹市有茶楼，静巷有茶铺，公园有茶社，露天有茶桌。藤椅竹榻，可卧可躺，打牌神侃，挖耳捏脚，热闹中一派逍遥。

据《成都通览》上说清末成都的街巷共计516条，而茶馆茶铺已有454家，几乎每条街巷都有茶馆。当年，成都人的生活中发生的所有大事，不必看报，只要往茶馆里一聚，自然都知晓。

多年前，我看完杜子美的草堂和武侯祠，按照朋友推荐，与陈君夫妻去了人民公园。据说这里的鹤鸣茶社，是成都主城区所有茶馆中历史最久、影响最大的茶馆。

茶社原是二十世纪二十年代初大邑龚姓人家所建，为两层中式古典建筑，是民国时期公园内六大茶馆（鹤鸣、枕流、绿荫阁、永聚、射德会及文化茶园）之首。盖碗、铜壶、老虎灶，依旧保持老成都的味道。

下午，虽不是周末，临湖而建的长廊里及露天竹椅上已经坐了很多人。有的打牌九，有的掏耳朵，也有的天南海北摆龙门阵。

点了三杯竹叶青，味道一般。但茶社饮茶，重点不在于品。坐在一群怡然自得的人中，旁观人生百态，在热闹中感受着他们的那份惬意，也恬淡悠然起来。茶桌间穿梭着采耳人，对我们来说是一道独特的风景。也许是好奇，陈君夫人特意请采耳师傅挖了一回耳朵。在紧张与愉悦相互交织的表情中，倒是真正体验了一把老成都人的感觉。

离去时，对黑漆柱子上一对描金联记忆深刻：

　　四大皆空，坐片刻不分你我
　　两头是路，吃一盏各走东西

那天夜晚，我也去了一家茶馆玩。看变脸和茶博士用嘴长一米的铜壶表演冲茶，热闹精彩。

广州的茶楼，印象最深的是早茶馆林立。就着烧卖、鹅掌来喝一壶一壶的菊普。看鲁迅先生日记记载，一九二七年，他在广州，曾经到山泉太平馆、妙奇香、别有春、北园、南园、陆园和洪北楼、晋华斋、福来居等众多地方吃早茶。就此来看，先生在羊城生活不错，或有体验与观察民情之心吧。

去北京，当然要一顾"老舍茶馆"。当年创办茶馆的尹盛喜先生已经作古。我记得里面是八仙桌、靠背椅，雕梁画栋，顶悬宫灯。吃了爆肚和奶豆腐，喝的是"香片"，听一场相声，内容早不记得。周边看看，游客居多，没有了老舍先生笔下的《茶馆》的味道。

北京的大街上，尹盛喜当年所卖二分钱一碗的大碗茶已看不见。随着现代化的脚步所建起的高楼广厦下，俱是引领风潮的时尚橱窗。

择日，朋友带我去碧露轩一坐，内有舱船一艘，装修高雅奢华。探问之，果然价格不菲，非我等码字之人敢独访。

回到鹭岛，想想各地的茶楼不同，正如一方水土养育的那一方人。

茶楼，亦称茶社、茶馆、茶居、茶坊、茶肆、茶寮等。

寮，出自《仓颉篇》："寮，小窗也。"晋代左思《魏都赋》有"皦日笼光于绮寮"之句，可见"寮"是为小屋茅舍。茶寮于今中国大陆，似很少见。我在日本京都漫步，还不时看到这样的"茶寮"隐在浓绿的林荫里。

茶，原本是用来独品或朋友对饮的。南北朝时，出现了茶摊。《广陵耆老传》里说："晋元帝时，有老姥每旦独提一器茗，往市鬻之，市人竞买，自旦至夕，其器不减，所得钱散路傍孤贫乞人。"这一方面道出了老妇的豪侠慈悲之心，另一方面，也说明了茶摊已经出现。

茶摊、茶棚子，应是茶楼的前身。

至唐代，《封氏闻见录》《旧唐书》等书的记载中，都说明了茶肆、茶馆的存在。到了北宋，汴京城则"皆居民或茶坊。街心市井，至夜尤盛"，名画《清明上河图》中，就有饮茶歇息的茶楼。

宋代以后，茶馆众多。来不请去不辞，无束无拘方便地；烟自抽茶自酌，说长说短自由天。在茶馆里，人们可以议事说时，可以叙旧述谊，打交道、谈生意，听小曲、挂牌儿、拉皮条、闹革命。

《金瓶梅》里撮合西门大官人和小女子潘金莲的王婆，就是开茶坊的，而《沙家浜》里阿庆嫂"垒起七星灶，铜壶煮三江。摆开八仙桌，招待十六方"的春来茶馆，则是新四军的地下联络站。

许多地方的茶馆里，三教九流无所不有，茶馆也是社会的缩影。

观色

一饼水仙蒿菜风,三江汇友故园情

多雨数日,一旦放晴,小城的各处景点人头攒动。大家都似出笼之鸟,呼朋唤友,踏青、访友、赏花、品茗。花有桃红樱粉,油菜花一片金黄;茶品春香秋韵,铁观音一水醇甘。

现代都市与古街旧镇不同,景点必须相对集中。虽树边花红,暖风香透,却少深巷幽幽。

这样的天气,宜漫无目的随意上街一走。遂行遂看,青石老巷,玻璃橱窗,移步皆景。

步行,落叶在脚下沙沙作响。到熟悉的咖啡馆挑两本书,付账。继续前行五十步,隔着黄色木条围栏,就看见张列权兄独坐杨桃树下,对着一盆菖蒲静坐。此时此人,倒有一点"静虚澄虚识,明心照会台"之气。

当然,他不是无住禅师,一身宽大的淡灰色茶人麻布服,一双千层底布鞋,加上梳拢起来的灰白长辫,仿若"羽衣常带烟霞色，不染人间桃李花"的白玉蟾。

招呼一声，落座对面。他嘿嘿一笑："小心杨桃掉下来砸着头。"我抬眼，风摇曳树枝，若干杨桃微点着嫩黄的头，连接着枝干的尾部都有些黑褐。我忍不住说："可惜，似乎都被虫咬了。"

"被虫子吃也算没浪费。"他一面说着，一面从盖碗里斟茶给我。

喝了一口，我要求道："换泡水仙吧。"

"刚泡咧！老白茶啊。"他的面部表情有些夸张。

"想喝你的漳平水仙嘛。"

漳平水仙，是典型的闽南乌龙茶。其特点是它的外表——茶饼。茶饼，又称饼茶、团茶。自唐代盛行，那时吃茶要先烤，再碾，后煮。到了宋代，煮茶改为点茶。欧阳修的《归田录》里载："茶之品，莫贵于龙凤，谓之团茶，凡八饼重一斤。"当时的龙团凤饼大名远扬，作为贡茶一直沿用至明代初期。

朱元璋"洪武二十四年九月，上以重劳民力，罢造龙团，惟采茶芽以进"，点茶改为如今的冲泡茶。自那时开始到现在，茶饼生产技术主要用于云南普洱和湖南、四川等地区的黑茶。

如今，漳平水仙是乌龙茶中唯一的紧压茶。水仙品种，制作工艺流程为：晒青—凉青—摇青—杀青—揉捻—定型—烘焙—成茶。

　　定型模具是木质坚硬的方形杂木，外有手握长推，将揉捻的茶叶推入模内紧压成长宽皆5厘米的方形湿坯茶饼，再用宣纸包好，及时烘焙。成茶色泽青褐蜜黄，汤色金亮，茶气清幽似兰若桂，滋味醇厚甘甜，特征明显，独具个性魅力。

　　这"独具个性魅力"，亦可用在列权兄本人身上。其人来厦门推广家乡水仙，至今已有十二年，常自诩说"我的茶，三个字：家、乡、根"。

　　这是他推广漳平水仙的三个品牌，其中饱含着他内心深处的故土情怀。

　　"家"系列水仙，就像他所开的"汇友茶社"一般。老朋友来了，径自往茶桌上泡茶手位置一坐，自己动手泡茶。第一次来茶社的陌生人，就时常产生误会，把那泡茶的客人当成老板。家，不就是没有外人没有距离感的自然亲切吗？朋友汇此，喝茶递烟，谈笑风生，一如自家厅堂。

　　厦门，自特区成立后，可以说是一个新"移民"城市。故乡，就是大家一盏茶里的怀念和遥远的诗意。品列权兄的这一款"乡"字水仙，高香清爽中，令人怀想起光阴的故事。

　　根，本是植物埋在地下的营养器官。把根留住，列权兄希望通过故乡的水仙，让每一个茶客，重新发现内心的情感，发现自己和故土千丝万缕的血脉根连，真正回归心灵家园。

　　"茶饼嚼时香透齿，水沈烧处碧凝烟。"列权兄来自草根，汇友茶社也就常有蒿莱之气。经常汇聚着各种"江湖"朋友，渔樵耕读、贩夫走卒，相熟的、陌生的朋友，大家随意而坐，随心谈叙。这时的茶，成为众口中的媒介，简单如故友亲人。

来厦门的各地茶人，也如滔滔奔流的溪河，在"汇友"这个港湾停聚融合之后，重新奔向四方。留给茶社的，是一本填满了各种字体和众多图案的茶漂流记事簿。在这里，茶与人，人与茶，紧密交融在一起，流传着一个又一个美好的故事。

漳平建县于1471年，隶属于漳州府。漳州文化是典型的闽南农耕文化，这里的人们骨子里都怀有对土地的眷恋。漳平人自古就有饮茶的传统，家家户户都有盖碗，一年四季全家老小，都把水仙茶当成解渴的饮料喝。

列权兄自幼喝茶，到慢慢地以茶为事业，对漳平一山一水一草一木都充满热爱与眷恋。历经多年探访与交流，他收集了许多弥足珍贵的老茶章、老茶模和老茶品。它们不但承载着漳平水仙制茶工艺里特殊的历史记忆，也承载了张列权作为一个茶人，对故土茶乡的深情。

他口中常说，不管什么茶，只要能令人身心舒泰，都应该被认可。这一点与我相同。汇友茶社里，也总有各地寄来的各种茶可以评品。但看得出来，他对故乡的漳平水仙明显偏爱如子。他也似故乡山野里的高枞水仙，清、爽、倔、执。他认定的东西，就会不顾一切做下去。

"赌书消得泼茶香，当时只道是寻常。"列权做茶人多年，也是漳平茶区到厦门大力推广漳平水仙的第一人。列权兄小我八岁，然而为了茶与生活，已满头华发。他恋乡情深，把自己和茶都定位在民间的草根大众，也是一个很有性子的人。很有性子的人经营性格谦和的茶，从生意买卖角度看，就会损失一些金钱利益，在许多人眼中也显得不合时宜。

他有时颇有情调，一人独坐，静听曲调悠扬清寂的尺八。那时看他，茶，仿佛是身外之物。

他也颇为怪异，人对味，茶也就对了味。人若不对味，则视之无物。

梅记八月桂花香

一年前的八月夜晚，喝到一款茶，叫桂花老铁。于是，梅记八月桂花香，成了我写此文的题目。

丙寅立夏，去安溪南岩。

午后，风穿过青峦，光扬起了一切灿烂。于是，一株美妙的植物再次在我心中绽放出悠远的芳香。

从1989年第一次喝铁观音，一个风华少年，已经在二十七年的光阴中游走成鬓丝有雪的中年人。但远山一片葱绿，植物依旧微扬如初的笑靥，让我的心也随之年轻了。

西坪，国家级闽南文化生态保护核心区、安溪铁观音原产地中心的南岩村，在当地又被称为"祖厝堀"，放眼望去，有泰山楼、福星居、梅嘉居、日昇居、磐乐楼等一幢幢与茶息息相关的闽南大厝，散落在山岩环绕之中的闽南传统古村落。

南岩王氏，史载为王审知派王继成支系，属芦田王氏外洋派，明正德二年（1507年）迁入至今，已是当地最为庞大的宗族，后裔衍播南岩、上尧、尧山等村。他们顺应自然环境，以种茶、制茶、售茶为生，成为传承有序的茶业世家。

几乎每一栋古厝，都对应了近现代中国铁观音茶行的多个老字号，如泰山楼的梅记。

泰山楼为闽南土堡式大厝，制式宏伟肃然，迄今已有120年历史。入门，传统制茶揉捻工艺的工具静默无言，一侧的凉青架子上，摊放着已经萎凋的观音茶青。楼中立柱两边有一对长联：

当地人说，泰山楼是梅记茶行后代人烘焙铁观音不忘传统、追源溯本，以虔诚匠心来制茶的见证。

五月天的茶区阴晴不定，雨随云走，忽暴忽柔，时停时落。青石板路旁的桃林，已结下青杏大小的粉桃，远处竹林茂密，古樟硕壮，风中满是山野清新的气息。

踱步进入梅坂祖厝，厝内红砖铺面，天井则用规整的清白石条，是典型的闽南红砖飞檐大厝。大门内左侧，摆着一张八仙桌，一位近六十岁的守门人，热情地招呼坐下吃茶。所吃的茶，依然是传统香型的铁观音。

现如今，如果以清香型观音成茶来比较，西坪铁观音的口感似不如祥华与感德铁观音的高香爽口，但其所制茶叶的茶质，因秉承传统制法，讲究发酵工艺，重韵轻香，因此茶质相对醇厚，实在地道。茶质特征主要有三方面：即汤浓、韵明、微香。

汤浓，是所泡茶汤金黄，色泽亮丽，色度较深；韵明，就是特有的"观音韵"明显，饮之回甘爽朗；微香，则是相对清香型观音而言，滋味悠然，香不强烈。

茶不过三冲，随云而来的骤雨酣畅而落，回廊四檐落下成串珠帘，远方黛青色的山峦间涌起白色的云雾。此时，一杯香茗入手，大有"花笺茗碗香千载，云影波光活一楼"之感。

入夜，急雨酣畅，梅记山庄前的溪涧发出欢畅的鸣响。一个人静坐楼上茶室泡茶，埋在时光深处的往事就似纷飞的雪片，随着袅袅升起的茶烟飘动起舞。

十二年前，当我在静寂的夜色里书写长篇小说《铁观音》时，关于观音由来的传说，关于这一片土地的神奇，关于当年来安溪采风所见所闻的那些朋友、那些故事，再次浮现在眼前。

据传乾隆元年，有王氏士让奉调入京，带家乡名茶赠侍郎方苞。方苞转进内廷，乾隆召见王士让询问之后，以茶色泽乌润，形似观音重似铁，遂赐名为"铁观音"。这就是铁观音名称由来的"王说"。

铁观音的采摘和绿茶一芽一叶不同，一般以三叶一芽为上。采摘的叶片不需过嫩也不能过老。嫩，摇青芽梗断，成茶香气弱；老，色枯外形粗，品差味淡薄。所以用机器采摘铁观音，虽然可以减少成本、提高产量，却会降低观音茶的品质。

闽南乌龙，历来讲究制茶工艺，从山中亭亭而立的一株芽叶，变成杯中芬芳香醇的茶，天时、地利、人和缺一不可。

梅记的南岩红心观音，完全按传统观音制作，看青做青，考验的是"摇青"与"摊青"的功夫。其"包揉"手法独特，成茶的干茶颗粒紧结，色泽砂绿乌润，嗅之有焦糖香，温杯则桂蜜味凸显。冲泡，则汤色透亮油黄，茶汤入口，音韵明显，桂香悠长。

山庄夜雨涧水涨，观音七泡有余香。青花盖碗里的梅记老铁，七泡之后，汤色明艳，茶气依然悠远，入口饱含甘甜的蜜香。随着沸水冲入，瓯里的桂花暗香幽幽飘起，飞升起来，穿行在茶舍的窗棂之间。细看叶底，润亮肥厚，余香萦绕，彰显出沉稳大气。

此时，静坐听雨，不争不烦，可一任思绪轻驰行吟。

翌日，上山访茶之时，雨微风斜。

南岩峰，海拔高千米，与菡萏峰相邻。微雨中下车四顾，山峭石多，沟壑通幽。远方的山峦起伏如波，雾岚缭绕着一垄一垄墨绿的茶树。

和掌门人王智育的寡言少语不同，同行的双客话如连珠。除了梅记茶业的传奇往事，尧阳的风土人情和一楼一瓦、一石一树的故事，都从他那闲不住的嘴里一一道出。

他指着四下山峦说："自古尧山一片石。石质土壤，不利种粮，却有利于产茶。茶园依山开垦，有2660多亩，占所有耕地的90%以上，老人们都说，我们这里的铁观音，有十足的石山韵。"

是的，山中岩石大多是云母岩，经长年风化分解，成为砂质土壤，特殊的地理环境和土壤，形成了铁观音特殊的韵致。陆羽《茶经》载："上者生烂石，中者生砾壤，下者生黄土。"上品茶叶味醇韵雅，然必生于艰难之境。

二十世纪八十年代之前，安溪地区山路崎岖，偏僻闭塞，可以用穷山恶水、民生困苦来形容。虽然有众多百姓种茶为生，茶叶却卖不出好价钱，以至于到了八十年代末，安溪还是全国重点扶贫县。九十年代后，市场开放，在"茶业富民"的主题下，安溪县数任领导带着相关人员，大江南北、黄河上下，四方敬香茗，观音神州行，集全县之智、举全县之力，让安溪铁观音名扬九州。一时间茶通四海、财源茂盛。这一事实是应该被历史铭记的。

近十几年来，由于铁观音大名远扬，在中国茶市风靡一时，引得全国茶商纷至沓来。然而，在利益的驱使下，我们似乎忘记了茶的清心静俭本质，茶叶的价格在炒作中一路上扬……而这样的盲目种植与开采，已经使安溪的许多茶山开始荒芜起来。

但茶依然无言。它们在山野中御风沐雨，径自生长。

影落空阶初月冷，香生别院晚风微。

人啊，停住匆忙前行的脚步，把浮躁的心按捺住，且吃盏茶吧！

在茗香入心之时，慢慢地，就会感悟到，多年之后，人去楼空、云影不见，茶，依然在时光里慰藉那些面对轮回、面对重复着甘苦辛劳的人们。

慢慢来，就像把热烈燃烧的木材炼成炭，焙出精美的茶；

慢慢来，就像炉上那一壶水等待热情的火，烧出沸腾的歌；

慢慢来，就像被沸水一次次冲泡的香茗，绽放出悠远醇厚的韵；

慢慢来，就像品茶一般，看那嘉叶在水中翻滚沉浮，舒展起舞，一口一口喝出它的苦甘清淡。

你会发现，茶，其实是人生过程的最佳注解。

对此，王智育一直保持着清醒的认识。作为80后，他举止缓慢，沉默少言，在众人之中显出与年龄不相称的老成持重。关于铁观音制的作工艺和茶业今后的发展，他都有自己坚守的观点与方向。

梅记的老客户都知道，经过六代人薪火相传，秉承传统工艺，是梅记人对待优质铁观音茶叶制作的一贯态度，而企业今后的发展理念呢？在一次静坐品茗中，我问王智育。

他双手相握，微点着头，慢慢吐出五个字："不求大，求远。"

告别南岩村时，天阴风爽，风向不定。一些不动声色的小花，在山野中葳蕤自怡。这场景，和现代都市的车水马龙形成鲜明的对照。我以为，在一个炫目喧哗的世界里，言拙，有时候是"沉默是金"的一种表现，而"不求大，求远"，也许对人类而言，是心经。

期待今年八月，再有桂花暗香在我的桌前飘过。

活色生香一瓯茶

　　金、木、水、火、土，集五行之精粹而化成的生命，是茶。

　　高山云雾之中，雨露润泽；岩壑烂石之上，翠姿妖娆。历自然之萎凋、炒青之锅釜，经烘焙之炭火、沸腾之山泉，锤炼煎熬，非花自沁。抵你手我心的，是一杯甘苦香活的茶。

　　中国茶，有六大类，皆以色彩为名，曰红茶、黄茶、白茶、黑茶、绿茶与青（乌龙）茶。

　　谷雨明前，春水秋香，严冬温润，夏暑清凉。一年四季，只要你喜欢，都会找到一款适时的茶。而每一款茶，因其活性物质和芳香物质各有不同，冲泡出来，色泽、香气、滋韵、功效，也各见其长。沸腾的水，唤醒了茶沉睡的生命，它翻滚、沉浮、舒展，慢慢溢出那或如春草般的清爽，或如夏花般的馥郁，或如秋山一样的大气厚重，或如寒梅一样的沁心芳香。

一个人品茗久了，自然能品出茶中丰富的况味。它们或清新明媚如少女，或成熟稳重似老者，风姿绰约，宠辱不惊，也是每个人一生行走的良伴密友。

爱茶，是一种传统和典雅，山野风松之间，可"对雨思君子，尝茶近竹幽"；亭台水榭之中，有"湖光秋枕上，岳翠夏窗中"。

爱茶，是一种惬意和自由，随心闲暇之时，可"几回同到此，尽日得闲吟"；无羁自在之处，有"得诗书落叶，煮茗汲碧池"。

爱茶，又何尝不是一种新鲜和风尚呢？有时候，我们品茗，并不在于喝了哪一种茗茶，而在于我们的生活态度，以及善于发现美好生活的双眼。

沉浮起落、甘苦淡然、寂敬和仁、宁心致远，这是茶给我们的启迪。

庙堂华厦、茅屋陋室，皆荣辱不惊、慎终如始，这是茶给我们的智慧。

喝茶，是我们中国人不可或缺的生活方式；品茗，也是我们面对人生平淡跌宕、悲欢离合时，坚守初心的生活态度。

每一种茶，都是沉默不言的，却都展现出自己的特色，它们活色生香！它们的一生，也应该是我们每个人活出精彩人生的写照。

一笔丹青现茶情

中国是茶的故乡，中国的造型艺术，是毛笔艺术。一管毛笔穿越千年历史，至今仍然在画家手中挥洒出流畅、绚丽的世界。

随着中国茶文化的兴起与流传，庙堂之高，江湖之远，茶的精神渗透到社会各个层面，茶文化深入宗教、诗词、书法、医学、文献等各个方面，也在画家笔下的丹青里绽放出特有的异彩。

国人饮茶，注重"品"。品茶除了鉴别茶之好坏优劣，还带有情趣神思和精神遐想之意。这和国画艺术的创作思想与内容一致。国画强调"外师造化、中得心源"，要求"意在笔先、画尽意存"，在融化物我、创制意境上，中国画和中国茶的精神紧密契合，是注重"表现"气韵境界的艺术。

茶兴于唐代，最早的茶画，也出现于唐代。最出名的唐代茶画，当属周昉的《调琴啜茗图》。画中桂花芳香，梧桐静立。主人静坐石上抚琴，另有贵妇二人闲坐一侧倾听，其一红妆披纱，手持茶盏于唇边慢饮，另一人则倾身拢袖，侧目聆听。两位女童，分立画面两端侍茶。画中人物线条，以游丝描为主，在回转流畅的游丝描里又加有铁线描，平添了几分刚挺之迹。图中人物圆润匀称、衣纹流畅，仕女神情娇慵闲悠，姿态轻柔娴静，准确表现出唐代贵族妇女闲散恬静的生活状态。此图现藏于美国密苏里州堪萨斯市纳尔逊·艾金斯艺术博物馆。

除了《调琴啜茗图》，唐代有名的茶画还有《萧翼赚兰亭》《煮茶仕女图》《煎茶图》等，另外值得一提的，是著名作家沈从文先生大为赞赏的《会茗图》。《会茗图》图中一共画有十二位仕女，她们或坐或站于条案四周，长案正中置一大茶海，茶海中有一长炳茶勺，一女正持勺，舀茶汤于自己的茶碗里，另有正在啜茗品尝者，也有弹琴、吹箫以助兴者。人物各聚表情，神态生动，描绘细腻。有去台湾台北地区的朋友，可到台北故宫博物院一赏此图。《会茗图》有人说绘制于元代，有人称绘制于宋代。据沈从文先生考据，衣纹、服饰、发髻和图中器具，属中晚唐制。

纵观大唐茶画，还是以表现宫廷仕女聚会品茗为主，迎合了中晚唐时期官僚贵族们的审美意趣。

据说，陆羽《茶经》一书中，原本也绘有许多插图，按照陆羽的品性，《茶经》里的插图，应该有"不羡黄金罍，不羡白玉杯。不羡朝入省，不羡暮入台。千羡万羡西江水，曾向竟陵城下来"的境界，惜今人不得一见。

宋代，中国茶文化发展到高峰，茶饮普及民间。按照王安石语："茶之为民用，等于米盐，不可一日以无。"其时，绘画也是中国绘画史上的鼎盛时期。众人皆知的《清明上河图》，不但描绘出北宋汴京当时的繁华景象，也在图中记录下民间茶肆里饮茶聊天的景象。

当然，在宋朝提到茶与画，少不了一个皇帝的身影。

嗜茶、嗜画、嗜书法，除了著有茶学专著《大观茶论》，宋徽宗赵佶的《文会图》，是公认的茶会佳作。《文会图》造型准确、用笔细腻，表现出北宋时期文人雅士品茗雅集的盛大场景。画面中垂柳修竹，树影婆娑。曲池之旁，八九位文士围坐案旁，神态各异，潇洒自如。竹边树下，两位文士寒暄行礼，似在叙旧。大案前设小桌、茶床，茶床上陈列盏托等物，一童子手提汤瓶，意在点茶，另一童子手持茶杓，将点好的茶汤从茶瓯中盛入茶盏。茶床旁设茶炉、茶箱等物，炉上放置茶瓶，炉火炽热，正在煎水。图中右上，有赵佶亲笔题诗《题文会图》："儒林华国古今同，吟咏飞毫醒醉中。多士作新知入毂，画图犹喜见文雄。"

宋太祖十一世孙赵孟頫，则代表元朝为我们提供了《斗茶图》。斗茶起于唐，兴于宋，又称"茗战"。不知赵孟頫在画《斗茶图》时，是否也有"故国不堪回首月明中"之感慨？

除了赵孟頫，"元四家"里的倪瓒亦嗜茶如命。其画疏林坡岸，意境高远，寥寥数笔，逸气横生。常以侧锋干笔作皴，名为"折带皴"。画有《龙门茶屋图》，并配诗云："龙门秋月影，茶屋白云泉。不与世人赏，瑶草自年年。上有天池水，松风舞沦涟。何当蹑飞凫，去采池中莲。"一位山林隐士的逸趣尽在其中。

赵原的《陆羽烹茶图》，则以陆羽烹茶为题材，用水墨山水反映出优雅清静的品茗环境。画面远处山峦起伏，近端湖水广阔，丛树掩映间有草阁宏轩，轩内峨冠博带、倚坐榻上者应为陆羽，侧旁有一童，正焙炉烹茶。此画图文并茂，题诗众多。其一为："山中茅屋是谁家？兀坐闲吟到日斜。俗客不来山鸟散，呼童汲水煮新茶。"此诗无落名款，有考据说是赵原自题诗。其二是窥斑题诗："睡起山斋渴思长，呼童剪茗涤枯肠。软尘落碾龙团绿，活水翻铛蟹眼黄。耳底雷鸣轻着韵，鼻端风过细闻香。一瓯洗得双瞳豁，饱玩苕溪云水乡。"更有乾隆御笔道："古弁先生茅屋闲，课僮煮茗雪云间。前溪不教浮烟艇，衡泌栖径绝往还。"

赵原是元末明初宫廷画家。此图的题材、画风，则不同程度地受到文人画家的影响，力图表现士大夫阶层的精神世界。

元以后，饮茶方法改变为冲泡法，绘画也进入一个新的时期，重文人画而轻院体，出现笔法潇洒、独居个性的笔墨创造。从茶画上看，最出名的作品当属江南才子唐伯虎的《事茗图》。画面近处山岩挺立，溪水环抱，远方峰峦叠翠，瀑布飞流，青松之下，茅舍数间，主人观书煮茗，静待客来。唐伯虎曾有诗云："闲来写就青山卖，不使人间造孽钱。"其高雅洁身的志趣，由此可见一斑。

明清时期存留至今的茶画甚多，吴门四家、清四僧和扬州八怪里的诸多名家，都为茶与茶事，留下了笔墨丹青。品茗弄墨或是吃茶赏画，也成了众多文人雅集时不可缺少的一项内容。

> 小庭幽圃绝清佳，爱此常教放吏衙。
> 雨后双禽来占竹，秋深一蝶下寻花。
> 唤人扫壁开吴画，留客临轩试越茶。
> 野兴渐多公事少，宛如当日在山家。

古人这种品茶观画的优雅意境，再三吟咏之后，怎能不让人神往？

茶与神农

地球广袤，如今似村。

这个大村落里，没有哪一种饮品比茶拥有更多的消费者。在人类漫长的时光中，无论哪个地方的茶厂、茶店，各类或精美或简朴的包装茶叶里，都蕴含着许多迷人、传奇的故事，构成了地球上不同种族、国家的茶文化历史。

茶的源头来自中国。四千年前对人类来讲确实遥远，是否有一个古代农业与医药业奠基人也难以确定，但中国古代三皇之一的神农氏发现茶的传说，也总在地球村不同的茶之源中被提起。这让我时时感觉，中国对世界村落伟大的贡献，不仅是我们自己常提的"四大发明"，更是茶与瓷器。

按照"神农尝百草，日遇七十毒，得茶而解之"的传说看，树上碧绿的叶子飘落在神农煮水的瓮中，可知当时的茶树是南方高大的乔木，这种乔木茶树如今在中国西南茶区依然常见，而福建、潮汕地区的茶树品种中，如水仙等，也有三五米高的老树。茶叶，在我国西汉之前，最早似乎也是作为药用。

神农氏，从记载的形象来看，十分有趣。牛头人型，同时还皮肤透明，自己可以看见五脏六腑——因此，得以观察所食植物入腹后的情况。据传说，他后来吃下一种毒草，看见自己的肠子一节一节断开，来不及吃茶解毒，最终身亡。这种草，后人就叫"断肠草"。

神农尝百草，应该是人口增加、捕猎食物减少而逐渐转向农耕时代的开始。牛，则是农耕时代的主要生产力，因此后来的神农画像，往往是头上有角的。这和西方传说不同。在西方，来自地狱的魔鬼，才会头上长角。

当然，在中国也有五脏六腑透明如同神仙的画像——我小时候就曾看见一幅图：头上长角，披着长发和枝叶冠的神农睁大眼睛，注视着自己的肚子。肚子里，围着肚脐一节一节断开并环绕的，大约是吃完断肠草后断了的肠子。这情景，如果用西方写实的素描技法或者写实油画来画，估计十分恐怖，中国的白描，则恰好表现了这一场景。虽然这悲壮的一刻用白描画出来，看着有些滑稽，但神农舍身试草的传说，说明我们现代的农业与医药业，是许多前人用生命与汗水换来的。

神农的画像，如今网上一搜索就有很多。神农本在民间，凡身上穿衣、脚上着履，感觉似孔、老宗师的图像，我一概不看。更有一些雕像，则似伟大领袖或一代帝王，那就只能轻轻摇头了。

这样一想，倒是专注盯着自己的肚子，看那肠子一节一节断开的画像，可爱而值得敬重。

观色

十八相宜述茗情

古人安步当车，对物质的追求不似现代人那么大，因而茶烹松火红，酒吸荷杯绿，品茗酌酒，常成为逸事佳话。

酒要豪饮，如大江东去；茶须静品，似春花秋月。

古人品茗，有十八种相宜的状态，皆自然洒脱，美妙于心。不知今人是否能续之？

一曰"闲情"。就是无忙碌事，有闲暇心。天下熙熙，却淡于名利，有一杯清茗伴浮生的闲情，自有"送目红蕉外，来期已杳然"的美境。

二曰"幽静"。品茗，自然不能在车水马龙之处、嘈杂喧哗之地。"松下轩廊竹下房"，方有壶中日月对人生的快意。

三曰"佳朋"。饮茶的朋友，要志同、道合，有趣、妙言，既能与主人交流情感，又能给大家带来快乐、温暖，可以"共谈慷僻意，微日下林梢"。

四曰"红袖"。红袖添香夜伴读，固然是美事，红袖事茶伴清言，从来佳茗似佳人，则提神之中更精神罢！当然，我以为这"红袖"，当以一个"妙人"为先。人不妙，则无趣。

五曰"会心"。品茗时，朋友们对饮茶艺术、茶的品味与茶事本身，能心领神会则佳，由茶事论及人事、天下事，会心一笑则妙。

六曰"吟咏"。古时品茗之人，一般都有点墨水在腹中，饮以诗文助兴，往来酬唱："茶兴复诗心，一瓯还一吟"，"黄粱谁共饭，香茗忆同煎"。今日人心浮躁，几滴墨水早已化尽，能谈谈读了什么书，观了谁的画，就算很不错的事了。

七曰"弄墨"。品饮至酣畅时，更需挥毫泼墨，题诗作画。会稽山阴饮酒酬酢，诞生了天下第一行书《兰亭序》。桃花庵里吃茶铺墨，画出了"日长何所事，茗碗自赏持"的名作《事茗图》。

八曰"清供"。清供说起来很简单，就是放置在案头供观赏的物品摆设，比如各种盆景、插花、奇石、古玩、工艺品，以及佐茶的时令水果。

"清供"二字，关键在"清"。茶桌上，如果摆一个身堆铜钱、鎏金发光的"招财进宝"大蟾蜍，倒不如放块金条更直接明了。清人黄景仁《元日大雪》有诗说："不令俗物扰清供，只除哦诗一事无。"壁间案头，如果堆放之物粗俗不堪，莫若空无一物。

九曰"鉴赏"。东坡煮茗赏砚，放翁兔毫分茶。不论喝茶者精于茶道，细细品鉴茶之色香味韵，还是茶友共同欣赏精美茶具、文玩字画，俱增一乐。

十曰"睡起"。正如白乐天诗云："食罢一觉睡，起来两瓯茶。"一枕清梦，品尝香茗，忧乐两忘，则"长短任生涯"。

十一曰"宿醒"。饮酒宿睡未解，则以香茗数杯，定能破除睡意，神清气爽。

十二曰"听雨"。或细雨霏霏，或珠落玉盘，一缕轻烟茶香远，聊将云雨洒尘寰。

十三曰"对雪"。银装玉砌之时，檐下远望，可以"藻台净冰鉴，茶壶团素月"，一望寥廓能到老，正是窗前松雪明。

十四曰"观瀑"。山林罗翠，虚烟翠涧，茶果伴友，酌洽同心，飞流直下清心，茗香入口致远。

十五曰"徜徉"。唐代韩愈《送李愿归盘谷序》云："膏吾车兮秣吾马，从子于盘兮，终吾生以徜徉。"茗事，泰然处之，则不管风吹浪打，皆有闲庭信步心。

十六曰"野逸"。古人户外喝茶不易，既要"敲石取鲜火，撇泉避腥鳞"，还得"薪拾纷纷叶，茶烹滴滴泉"，却常常在青山碧潭之旁，松涛竹海之边起灶煮茶。"青山烹茗石，沧海寄船家"，无它，唯爱清溪潺潺白云间的野逸况味。

十七曰"精舍"。舍，对野而言，有顶有檐，可避风雨。精舍，古意是儒生、道士、僧人、修行者的住处，如竹林精舍、祇园精舍等。

精舍者，未必不含"陋室"，未必尽是华堂美宅。精舍者，实为人类精神栖居地也。其屋可大可小，有苔痕上阶绿，有草色入帘青，蕙兰一茎，或菖蒲一盆，泥罐小壶，水沸茗香，亦足。

十八曰"文童"。观古人"烹茶图"，多有聪慧之茶童子随侍身边，煮茶洗瓯，抱瓶递盏。今朝时代改变，文童消失，自己清洗茶具、摆弄清供与莳花，也当别有乐趣。

这十八种状态，对现代都市人来说，大多可望而不可即。那么，今天的我们，真比古人更懂得什么是美好生活吗？

菊香　夏蝉

一个人的茶经

自从来到闽南，我便泡茶成性、嗜茶如命。

雨天，看窗外乌青一片，泡乌龙一壶，掐指一算，不论晨昏寒暑，不停冲饮，喝茶已有二十九年的历史。

茶米按克计，不算斗茶、评茶，平均每天三泡，每泡八至九克。二十九年来，下肚入腹，254040～285795克，顶天也就六百斤左右。看似不多，若乘上一个均价人民币，喝下去的钱也令人吃惊。好在我喝的茶，大部分是朋友所赠送，否则会喝到破产。

谈钱似乎就很俗。我一个朋友常说，我要作诗，须得美酒在手，侧旁有一位怀抱琵琶的古典佳人，身后则茶几茶案，有童子煮茶焚香，又有红袖妙人铺纸磨墨……我想他不是唐代的达官贵人，也得是当今的富商巨贾。但当今的富商巨贾们也都没有那闲工夫，有那闲工夫的人，还要做那么多春梦，也真够奢侈！

我自思是一俗人，偶尔也会把美梦一做。但一个人喝茶，做梦就不是去迪拜和马尔代夫。我的美梦总体比较不足挂齿，就茶想茶，想某某某处有几泡马头岩肉桂，谁谁谁处有醇美的老枞水仙，改天蹭来一泡！

拥有最强大脑的爱因斯坦说，人无法知道自己存在的意义。那么，我想，借助外物，人才能创造意义。

茶是外物之一，喝茶，就是人生的一个体验。三五佳朋围坐一起品茶，长出七嘴八舌，于茶之外逸兴乱飞，让时光在酣畅中快快溜走，只不过又过了一日。貌似体验不出什么意义。

一人独饮，则可以静观茶之色、细嗅茶之香、慢品茶之味，是鲁迅先生所说的享清福。体验了享清福之外，有许多人进一步创造和挖掘，就挖出了中国茶文化。于是我们知道了人生如茶、往事如烟或往事并不如烟。从某种意义上说，喝茶，也就成了有意义的一件事。

观色

但，这还是享清福的人所做出的意义。上街头巷尾去看看贩夫走卒卖浆引流者，浑身臭汗，满脸疮痍，无非劳心劳力皆是苦——看清了人生无非苦中作乐，有一壶清水痛饮，同样也是甘甜。

我所客居的福建在古代，虽然茶事记载久远，在南安市丰州古镇留下了东晋太元元年的石刻"莲花茶襟"，但仍然是南蛮之地。有钱人都腰缠十万贯，骑鹤下扬州去了。直到宋代，方有建茶扬名中国茶叶史。建州的北苑龙凤团茶，产自凤凰山麓，为赵家人的贡茶。除了赵佶在《大观茶论》里说的"岁修建溪之贡，龙团凤饼，名冠天下"之外，宋代的丁谓、蔡襄、刘异、赵汝砺等都有专著论述。有宋一代的文豪苏东坡、欧阳修、范仲淹和陆放翁，也皆赋诗颂之。帝王将相与文人骚客的追捧，使得北苑贡茶名声大振且风靡全国。

武夷山人还创制了半发酵乌龙茶，天心禅寺茶僧施超全写的《武夷茶歌》里描述的"三红七绿"的制茶特点，说明了茶叶制作工艺从蒸青到炒青，从不发酵绿茶生产到半发酵乌龙茶生产的过程。

同样，施超全也写了《安溪茶歌》，记载了安溪茶学习建茶采制方法，已经到了真假难辨的程度。

如今，福建确实是茶人茶客的福地，其所产南北乌龙茶，品种众多、特征各异，香高味醇、千姿百态。

至于一杯香茗在手，真要问起喝茶的意义，莫若"鸟衔花落"，"云在青天水在瓶"。

人与草木皆美

等茶，

观色

　　大学刚毕业的时候，有一段时期，我租住在厦门市思明区的大同路。步行上街，时不时，会看到闽南骑楼下特有的茶桌子。那茶桌子，大多是开店铺的主人自己支在店门外边的，桌边只要有空位，你便可以坐下去，喝几小杯"工夫茶"。若是驻足观看，不忙的主人一面泡茶，一面会很热情地挥手，用闽南话招呼："啉几杯、啉几杯……"就这样，我爱上了福建乌龙茶，爱上工夫茶冲泡法，爱上这个闽南沿海小城。

　　厦门，是一个爱喝茶的城市。按照林语堂先生的标准，只要有茶，中国人走到哪里都是幸福的。厦门，也就是一个幸福的城市。二十多年后，高楼密集，店面装潢越来越高档大气，茶桌子则变得越来越少见。这似乎是城市快速发展的必然，但对于我这类喜欢沉浸在老时光悠然岁月里的人，往往会感到一点怅然和遗憾。

如今去老城区，公交坐到思东站，下车，穿过保留下来的有点拥挤狭窄的第七市场，至大同路323号，还有一家开了近百年的收费老茶桌子可坐。

"五湖茶社"，这是后来游客取的名字，传开了，就成了店的正名。巷口标为"太安街"，巷旁是古时售水房。巷窄，宽约一米，靠墙摆几张矮桌，围几只竹凳。买一壶廉价的铁观音，点一份脆口酥或白水贡糖这样有古早味的茶配，两三友人就可悠闲地打发一个下午的时间。但这一切，似乎都演变成了一种体验，坐下去，总是找不到当年那自然纯正的感觉。

前些年，金榜山公园、南湖公园、狐尾山公园等地，也有许多露天的茶桌子。每逢假日，众多市民呼朋唤友聚在一起喝茶聊天，并享受难得的悠闲。这种日常大众的喝茶方式，实实在在反映出厦门人的生活方式：不论人生中有多少不易，面对一壶茶，一切都会让人淡然和轻松下来。厦门人深爱喝茶的理由也许多样，但处变不惊，则是深藏在骨子里和血液中的根性。近年来，有传说是因为"提升改造"，也有传说是因为一个会议，众多公园里的那一壶热茶统一取消了。取消不同于取缔，为此，我还特意跑了几趟去看，但终是没有再开。

我询问了在市政园林局工作的朋友，得知自2014年开始，国家对公园里的经营场所进行了整顿。住建部出台了一个公园里的经营管理办法，规定出租场所的时间不得超过五年，而且必须公开招标。厦门市财政局也专门出台了公共资产管理的办法，规定经营五年到期后，必须上公共采购平台，重新公开招标。茶桌子经营者觉得五年时间太短，几乎无利可图，很多人就不愿意投标；公园管理者呢，看着很多场所闲置不用了可惜，但也不愿意去违反国家规定。惠民利民的事弄成这样，其实是很无奈的事情。好在这种情况引起了市政园林局的注意，他们专门通知各区公园主管部门，要提供为大众泡茶的地方。

据朋友说，不久，全市将有一批新的泡茶点陆续投用。

那么，向往在自然景观中品茗的人们，只有等待了。等待，有时候也是一件美好的事。我想，今年到草木皆美的时候，厦门葳蕤的山林间，应有一泡香茗，也在静静地等我。

好在厦门的茶店比米店多是经年常态。每个爱茶人，都有自己熟悉并喜欢的茶店，呼友品茗散谈。

我年轻时喜欢闯茶店。这个"闯"字，很带有一点冒昧的意思。走在街上，看见一间茶店，就抬头昂然而入，直接到泡茶桌前坐了，向店老板或是看店的小妹讨茶喝——在成都，茶店也很多，但直接进去讨茶喝并不容易。这就是厦门茶店最温馨的地方：欢迎任何一位朋友进店品尝茶的滋味。而且，如果你能对眼前的一杯茶准确点评一二，老板就会开始从抽屉里取出他那一泡泡的当家茶，与你共饮同享。这是茶逢知己的表现，也是以茶会友的体现。

我是"得与天下同其乐，不可一日无此君"的践行者。

进店，喝茶、买壶、收盏，渐渐地，"汇友""老易""梅记""芸茗""安达""奇茗""壶趣"和"山国饮艺""滴水山房"……众多茶店我早已熟门熟路，都是我常坐常饮的地方。茶店里喝茶的人三教九流，因茶而聚，不论高低贵贱，在悠悠一缕茶香中，都会唤醒生活的热度。

厦门的茶店不管装饰奢俭，都比较雅致。只是和户外山林与湖边比，少了以青山碧水为幕、绿树繁花为屏，人与自然和谐相处的景观。

日月流转，有时候转眼间生活就有了变化。有些茶店开了又关，有些关了又开。有些人，则在开开关关中消失不见了。

有时候，我在家独饮，看到一把壶，一只茶杯，就不由得想起许多难以忘记的往事。如果一个人、一座城，扔掉了记忆的笔记本，会更好更幸福吗？

爱喝茶的人聚聚散散，多若君子之交。有闲时，无论阴晴，相聚着喝上一杯；没空时，一年半载都见不到，也未必就淡了情感。这就像厦门这座城市，气候不冷不热，凡事若茶随缘。

等茶，春风得意时，且吃杯茶去；等茶，落寞孤寂时，且吃杯茶去。人世间的一切，也就云淡风轻，天高地远。

转眼间，又快到清明时节采茶季了。再等等吧，等那一盏清芳的春茶下来时，再呼朋聚友，共饮甘甜。